掌《て》の中の小鳥

たぶん僕は変わったのだ。四年前にはとてもできなかったことが，今の僕にはできる。――本書全体のプロローグといえる第一話「掌《て》の中の小鳥」で真っ赤なワンピースの天使に出逢った主人公は，一緒に退屈なパーティを抜け出した。狂言誘拐の回想「桜月夜」で名前を教わり，御難続きのエピソード「自転車泥棒」や不思議な消失譚「できない相談」を通じて小さな事件に満ちた彼女の日常を知るにつれ，退屈と無縁になっていく自分に気づく。小粋なカクテルの店〈エッグ・スタンド〉を背景に描かれる，謎を湛えた物語の数々。巧みな伏線と登場人物の魅力に溢れたキュートなミステリ連作集。

掌《て》の中の小鳥

加納朋子

創元推理文庫

EGG STAND

by

Tomoko Kanou

1995

目次

イラスト　菊池　健
デザイン　柳川貴代

掌の中の小鳥

てのなかのことり

——可愛らしくもしたたかな、女たちへ——

一

掌の中の小鳥

Tenonakanokotori

SCENE 1

いったい何が嫌いといって、雑踏で突然背後から肩を叩かれることほど、嫌なものはない。

僕はそのとき、まるで深海魚みたいな呑気《のんき》さで、人込みを泳いでいた。人々のささやき、笑声。誰かのウォークマンから漏《も》れ聞こえる、音楽の破片。騒々しい宣伝文句。かすかな香水や、パーマ液の臭い。氾濫《はんらん》する色、交錯する光。首の高さに堆積する、人間の呼気。わだかまるそれらの間を、僕の思考はゆっくりと流れていく。

その手はごく軽く、右肩に置かれたに過ぎなかったのだが、それでも僕を驚かせるには充分だった。瞬間、僕はさぞかし間抜けな顔をしたに違いない。釣り上げられた提灯鮟鱇《ちょうちんあんこう》そっくりに。

振り向くと、佐々木先輩が立っていた。

「……お久しぶりです」

数メートル後方に置き忘れてしまったような〈日常〉を、用心深く手繰り寄せながら、僕は短く挨拶をした。佐々木先輩は、軽く息を弾ませながら、わずかに苦笑した。

「お久しぶりです、か。相変わらずクールな奴だな。こっちは向こうからお前を見つけて、必死で渡ってきたってのに」

陽気に道の反対側を指した。歩行者天国の銀座にうねる、人、人、人。これだけの人間の中から、よくもまあ知った顔を見つけ出せたものだと舌を巻く。

「今日はお一人なんですか？」

彼の肩越しにちらりと視線を走らせて、僕は尋ねた。言外の質問を当然察したに違いないが、佐々木先輩は曖昧《あいまい》にうなずき、

「ちょっとうろついてみたくってね、銀ブラってやつさ。お前は？」

逆に尋ねたのが、やや彼に似ず性急な印象だった。

「僕もまあ、似たり寄ったりってとこですかね」

「ほんとかよ」

相手はかなり疑わしそうに、僕の服装を見やった。「スーツ姿のお前なんか、初めて見たぞ」

「学生のときと一緒にしないでくださいよ。今じゃ僕も、バリバリのエリートサラリーマンなんですから」

「エリートだけ余計だろうが。馬子にも衣装ってか？」

そう茶化す彼の服装は、対照的にラフだった。洗いざらしのジーンズにポロシャツ、それにモスグリーンのセーターを無造作に羽織っている。学生時代と大差ない恰好だ。

四年、という歳月は、果たして長いのだろうか、それとも短いのだろうか。少なくとも外見上は、彼は最後に会ったときと少しも変わらないように見える。単に服装だけのことじゃなく、例えば整った容姿も、引き締まった体つきも、やや皮肉をたたえた、しかし邪気のない笑顔も。

同じ四年間が僕の外側にどれほどの影響を与えたか、よくはわからない。だが、内側の変化は近頃とみに、いまいましく意識するようになった。

具体例を挙げるなら、あの頃は自分の考えを百パーセント示すのが、ベストだと思っていた。しかし現在では、十のうち、口にするのはせいぜい三つまで、後は腹の中に留めておくのがベターだと知っている。

つまりはそんな類《たぐい》のことだ。

ごく当然の成り行きで、連れ立って近くの喫茶店に入った。ほとんど奇蹟に近いことだが、すぐさま空席に案内された。

コーヒーを注文し終えると、僕らの会話も弾み出した。四年ぶりに再会した、大学の先輩後輩の間で取り交わされるに相応《ふさわ》しい会話――多くは仲間たちの近況――である。そしてまた、それは（おそらくは互いにとって）まったくどうでもいい会話でもあった。

友人の結婚披露宴でのハプニングを話題に、ひとしきり笑った後、僕はほんの社交辞令のような調子で尋ねた。

「それはそうと、容子《ようこ》さんは……奥さんはお元気ですか？」

「まあね」

軽く答えると、佐々木先輩はライターをやたらにカチカチいわせながら、煙草に火を点けた。

「しばらく禁煙してたけど、結局、また始めちまったよ」

言い訳のように言いながら、曖昧に笑う。

「へえ、禁煙をね」

阿呆のようにぼんやりと、僕は相槌を打った。一筋の紫煙が、二人の間に揺らめいている。質問を不器用にはぐらかされたことへの不満はあったが、自己嫌悪の方がより上回っていた。実を言うと、ここひと月ばかりの間に計三度、僕は容子からの電話を受けていたのだから。すべて留守番電話に記録された、一方通行の声ばかりだったが。

なんとはなしに沈黙が流れ、僕は容子からの奇妙な伝言を、そっと胸のうちで反芻《はんすう》してみた。

『……ただ今外出しています。御用のある方は、発信音の後に、メッセージをどうぞ』

僕が留守番電話に吹き込んでいるのは、そんなごくありきたりの文句だ。加えて言うなら、愛想も糞もない、ぶっきらぼうな口調である。好きでそうしているわけではなく、自然とそうなってしまうのだから仕方がない。しかし、そのせいかどうか知らないが、テープの声を聞き終えるなり、いきなり電話を切ってしまう奴がずいぶん多い。気持ちはわかるが、これでは留守電の機能を果たさない。

最初、そうした罪のない無言電話のひとつかと思った。スイッチを切りかけたとき、息遣いのような気配を感じ、思わず手を引っ込めた。そして長い、ためらうような沈黙の後で〈声〉が聞こえてきた。

「……私よ、わかる？　もう、忘れちゃったわよね」

柔らかなアルト。けれど少女のような声。忘れはしない。どうして忘れることができる？

再び短い沈黙。かすかな呼吸の気配。

「元気でいる？ 私は……そうね、もう死んでいるわ。私……コ・ロ・サ・レ・タ・ノ」

無音。唐突に切れた、一方通行の会話。その日一件だけ記録された、奇妙なメッセージ。

「……私、殺されたの」

「……私、殺されたの」

「……私、殺されたの」

再生ボタンを押す度に繰り返される、同じ言葉。氷壁に反射する、冷たいこだま。

殺された？ 彼女が？ 誰に？

それではこれは、幽霊からの伝言か？ 殺されて、冷たく蒼《あお》く横たわる容子の幽霊からの、メッセージ……。

馬鹿らしい。僕は首を振った。これは彼女のほんの悪戯《いたずら》に違いない。あの子の気まぐれな思いつき。彼女一流の、少しばかり悪趣味な、ゲームなんだ。そう考えようとした。

だが、ゲームセットを告げる権限は、僕の方にはない。彼女のゲームは、翌日も続けられた。

「……私、殺されているのよ。毎日、毎日、少しずつ、ゆっくりと、ね」

機械から再生される、容子の声。彼女が今どうしているのか、何を考えているのか、推し量る術《すべ》のない、無表情な声。

そして昨日、三度目の電話。

「私、雲雀《ひばり》になれなかったの」

短い笑い声。決して楽しげな声でなく、自嘲を含んだ虚ろな響き。この最後のメッセージが、一番短かった。そして一番、僕の感情を揺り動かした。それはひとつのキイ・ワードだったから。

雲雀。雲の中で、自由にさえずる小鳥。

ようやく忘れかけていた、いや、忘れようとしていたある記憶を、このちっぽけな鳥の名が、鮮やかに呼び覚まそうとしていた。

まだ学生だった頃のことだ。佐々木先輩は四年に、彼女と僕が三年になったばかりだった。〈青春〉という言葉が、自分たちのために用意されている、などとはまるで考えなかったあの頃。気恥ずかしさから、遠く向こうに放り投げていたその言葉こそが、当時の僕らの状態そのままだった。それが文字通り〈青い春〉なのだと、今さらのように気づくのだ。

苦い春。

不安定な、青。

「いい？　コバルト・ブルー、セルリアン・ブルー、ウルトラマリーン」

「ウルトラマン、ウルトラセブン、ウルトラマンタロウ」

次々に銀色のチューブを並べてみせる彼女に、僕は軽口を叩いた。容子は軽く叱る目つきをし、「ターコイズ・ブルー、プラッシアン・ブルー、インディゴ・ブルー、パーマネント・ブルー。ね、一口に青っていっても、たくさんあるんだから」

「なるほどね」

「じゃ、次はグリーンね。ビリディアン、エメラルド・グリーン、コバルト・グリーン、カドミウム・グリーン、クローム・グリーン。残念ながら、ここに置いてあるのはこれだけ」

「てことは、まだ他にもあるのかい？」

「グリーンはすごいわよ。絵具屋さんの儲け所って言われているくらい。クローム・オキサイド・グリーンでしょ、テール・ベルト、サップ・グリーン、オリーブ・グリーン、コンポーズド・グリーン、それから……」

好きな食べ物でも並べ立てるみたいに、容子は嬉しげに羅列してみせる。耳に心地よい、アルトの声だ。

「白は？」

そう尋ねたのは、明らかに白は本数が少なそうだったからだ。その代わり、やけに大きなチューブだが。彼女はやや残念そうに、かなり使い込んだそのチューブを取り上げた。

「白は大してないのよ。シルバー・ホワイト、ジンク・ホワイト、ここにあるのはこの二種類だけ。他にもあるけどね」

「白は白だろう？　同じに見えるけどなあ」

僕は二本のチューブのラベルを見比べた。ブルーやグリーンに様々な色調があるのはまだわかるが、何だって白に種類があったりするのだろう？　そこのところが、どうも呑み込めなかった。

「シルバーは、あまり素人向きじゃないけどね」

「へえ、油絵具にも、プロとアマの差があるのかい?」

「そんな大袈裟《おおげさ》なものじゃなくって。色々理由はあるけど、ジンク・ホワイトの方がずっと安いっていうのが、一番の理由かな」

「なるほど、そりゃ切実だ」

もっともらしく僕はうなずく。

「イエローはどう?」

彼女は嬉しげにレモン色のラベルが貼られたチューブを取り上げた。

「そう言うところを見ると、黄色も多いんだろう?」

「当たり。十種類くらいかな」

行儀よく並んでいるチューブを、彼女はざっと目で追った。

「今持ってるやつは、レモン・イエローだろう?」

「そうよ、よくわかったわね。シトロン・イエローともいうけど。後はイエロー・オーカーでしょ、カドミウム・イエロー、オーレオリン……」

「オーケー、オーケー」僕は苦笑して手を振った。「絵具の名前を覚えるだけでも一苦労しそうだな。何だってこんなにたくさんあるんだ」

僕が知っている色の種類は、せいぜいが小学生の絵具箱の中身と同じ、十二色くらいのものなのだ。

「あら、だって」容子は微笑んだ。「世界が色で構成されているからに、決まっているじゃない？　絵を描いているときよく思うんだけど、この世にあるものは何でも、色で表現できるのよ。どんなものでも、その本質を表すイメージカラーがあるっていうか」

こんなとき、彼女の口調はきらきらと雲母《うんも》のように輝く。僕は眩《まぶ》しい思いで相手を見つめつつ、尋ねた。

「それは人間もかい？」

「もちろんよ。そうね、あなたはピーチ・ブラックね。これは桃や杏《あんず》の種の炭でできているのよ。ブルー・ブラックとも呼ばれてて、少し青みを帯びた、きれいな黒よ」

「それじゃ、君は？」

何気ない僕の問いだったが、彼女はしばらく悩んでいた。ややあって、ぽつりと答えた。

「ウルトラマリーン、かな」

「ああこれだね、ぴったりだ」

チューブから絞り出されたその色は、わずかに紫がかった、美しい濃青色だった。

実際のところ、僕は油絵はおろか、美術一般に関してはろくな知識も審美眼も持たない。だが、それでも彼女の才能は本物だったと、自信を持って断言できるのだ。

彼女の絵には、不思議な魅力があった。線や面の構成に、どこか可愛らしいリズムがあり、その独特な色の選び方には、一種不安な美しさがあった。

「才能があるよ、本当に。僕は芸術には門外漢だけど、素人を惹《ひ》きつける力があるっていうのは、本物なんだと思うよ」

あまり正面切って人を褒めることのない僕だが、彼女の絵に対してだけは、何の躊躇《ちゅうちょ》もなく賛辞を呈することができた。

そんなとき、彼女は必ず、少し困ったようなはにかんだ笑顔を僕に向けた。


僕の在籍していた同好会に、佐々木先輩はいた。学園祭のとき、彼は何かの用事で僕を捜していた。そして見つけた場所が、アートクラブだったというわけだ。佐々木先輩の用事というのが一体何だったのか、僕は未だに知らずにいる。

容子を一目見た瞬間、彼の頭からは一切の瑣末《さまつ》な事柄がきれいさっぱり姿を消してしまったに違いない。皮肉といえば皮肉だが、どういうわけか、僕はこの成り行きを恨む気にはなれない。たぶん、佐々木先輩の容子に対する思いが、あまりにもあからさまで、そして純粋だったからなのだろう。

彼は容子の絵など、まるで見ようともしなかった。ただひたすら、彼女だけを見ていた。最初から終わりまで、ずっとそうだった。

「こいつがちっとも自分の持ち場にいつかないわけがわかったよ」

彼は僕の肩に腕を回しながら笑った。「アートクラブにこんな可愛い子がいたなんてな」

彼女は、僕に対するものとはまた別な、困ったような微笑を浮かべていた。僕は先輩の腕の重みを肩で受けつつ、ある予感のようなものを確かに感じていた。

結局、縁がなかった、というやつだ。

二人が付き合っている、という噂を耳にするのに、大した時間は必要としなかった。

だがそれは、その時点ではあくまでも無責任な噂の範疇《はんちゅう》を出なかった。事実、佐々木先輩は始終僕にこぼしてさえいたのだ。

「なあ、おい。あの子をイーゼルの前からひっぺがすには、どうしたらいいと思う?」

僕は笑って首を振るしかなかった。彼は非常に頭のいい男であったにも拘《かかわ》らず、時として信じがたいほどに無邪気、かつ鈍感な一面を見せた。僕がどうしても佐々木先輩を嫌いにはなれないでいたのも、彼のそうした純粋さを、羨ましくさえ思っていたからなのだろう。

もしあの出来事さえ、なかったならば。


先輩がこぼしていたように、そのとき容子は新しい作品に、一心に打ち込んでいた。

彼女は傍らに、作品を飽かず見つめる僕がいようが、容子を熱心に見つめる佐々木先輩がいようが、まるで頓着しないように見えた。どこか思いつめたような表情で、ひたすら眼前の作品世界に没頭していた。そんな彼女のぴんと張りつめた横顔は、はっとするほどに美しかった。そして出来上がってゆく作品は、それ以上に美しかったのだ。

あのときの彼女の作品は、間違いなく傑作だった。

薄めたペインズ・グレーで描かれた描線に過ぎないときですら、僕はそれを確信していたような気がする。

デッサンの確かさ、軽やかなスピード感に溢れた描線、全体の構図の面白さ。僕はわくわくするような思いで、彼女の作業を見守っていた。容子がキャンヴァスに入れる一筆一筆は、それだけ作品を完成へ、そして完璧へと、近づけていた。

よく使い込まれた筆先は、たっぷりとペインティングオイルを含み、数種類の絵具を丁寧に混ぜ合わせた。ゆるめに溶かれたその絵具は、思いがけない表情でキャンヴァスを彩った。日が経つにつれて、その表情も刻一刻と変わっていった。最初、鮮やかな赤だった部分が、翌週には輝くような白に変わっていたりした。

「こうやっていろんな色を重ねていくと、出来上がった絵に奥行きと深みが出てくるのよ」

容子のそんな説明も、どこか上の空だった。矩形《くけい》に切り取られたキャンヴァスだけが、そのときの容子の世界のすべてだった。

容子の世界、容子の描く絵の一番の魅力は、たぶんその独特な色遣いにあった。とりわけあのときの絵のように不思議な色合いを、他で見たことがない。ブルーやグリーンなどの寒色系を好んで使っていたにも拘らず、ふわりとした暖かみを感じさせる色彩だった。精妙で美しい、色の氾濫。それらの微妙な色が、繊細な構成の中で複雑に絡み合い、危うい均衡を保っていた。

これ以上筆を入れたら、絵が駄目になる、死んでしまう。そうしたきわどい瞬間に、彼女は静かに筆を擱《お》いた。

ラフデッサンのときからずっと見守っていたにも拘らず、僕は感嘆の思いを込めて、完成した作品を改めて眺めやった。

まず目に飛び込んでくるのが、はっとするほど美しいブルーだった。容子の空想の空。この世のどこにもない空。胸に突き上げてくるような、憂いを含んだ鮮やかな色調。そのブルーの中に、鮮烈なグリーンや、眩《まばゆ》いイエロー、輝くホワイトが、涙で滲んだ風景のように躍っていた。

全体の印象は、どこかシャガールを思わせる。一枚の画布の中で、空と森と街とが、混沌《こんとん》としていた。可愛らしいリズムと、一定の秩序とを、魔法のように保ちながら。そして、全体に浮かび上がる、一羽の鳥のイメージ。ちっぽけではあるが、空高く羽ばたく、力強い翼と、美しい声とを持った、一羽の小鳥。

「タイトルは、『雲雀』にしたわ」

完成の後の虚脱からか、抑揚のない声で容子が言った。僕は声もなくうなずき、しばらくしてからようやく言った。

「素晴らしいよ、本当に」

いつになく言葉の少ない、だが、最高の熱意を込めた賛辞に、彼女はいつものあの笑顔を見せなかった。容子はポリエチレンの筆洗いで、必要以上の時間をかけて絵筆を洗っていた。そして筆に付いた鮮やかなブルーが、灰色の澱《おり》となって沈殿していく様を、ぼんやりと眺めていた。

容子は完成した作品を、翌年行われるコンテストに出品するつもりだ、と言った。規模は小さいが、権威のある美術展だった。

「あの作品は本物だ。傑作ですよ。必ず入選しますね。容子の名が一躍有名になるのも、夢じゃない」

僕は佐々木先輩に、熱心にそんなことを言った。何かの意図があって、そんなことを口にしたものか、自分でも定かではない。しかし、相手が端整な顔をしかめたので、やはりな、と思ったことは事実だ。

彼は容子が若手女流画家だとか何とか言われ、ちやほやされることなんて、決して望んでいなかった。彼が好ましく思っていたのは、しとやかで平凡な容子だった。

嫌な顔をする佐々木先輩を見て、僕は内心せせら笑っていた。彼は結局容子のことなんて、何ひとつ理解しちゃいない。自分の望むファインダーを通してしか、彼女を見ようとはしないのだ、と。

そんな苦い優越感で、僕は一体何を誤魔化そうとしていたのだろう？

作品を仕上げた容子は、しばらくアートクラブに足を踏み入れようとしなかった。彼女の『雲雀』は、画面を内側に四隅をクリップで留められ、クラブの片隅に仕舞い込まれた。そんな狭い空間に押し込められて、小鳥もさぞかし窮屈だろう。そんなセンチメンタルな感想を、僕はそのとき抱いた。

そして、事件は起こった。

あれは生暖かい春のことだった。桜が、曖昧な微笑みのように咲きほころぶ頃。春の霞《かすみ》の中に、奇妙に生臭い臭いが紛れ込む。

記憶の中だけの、腐臭。

どうした成り行きからだったか、そのとき容子と僕は連れ立ってアートクラブを訪れた。容子が古い鍵で、きしんだ音を立てるドアを開け、先に中へ入った。続いて入った僕は、むっとする臭いに押し包まれた。薄く積もった埃《ほこり》の臭い。亜麻仁油《あまにゆ》の臭い。テレピン油の臭い。これらの油の刺激臭を、僕は決して嫌っていなかった。これは容子の世界の臭いだった。容子の住む宮殿の空気と、同じ臭いだった。

「あの絵を見せてくれよ」僕は頼んだ。「ずいぶん長いこと、見ていない」

容子は黙ってうなずくと、銀色のクリップを一つ一つ外しにかかった。最後のクリップが外され、『雲雀』は再び外の世界へ躍り出た。

僕はまず、容子の小柄な体が、異常にこわばるのを目にした。そして、彼女の華奢《きやしや》な背中越しに、その作品を見た。

思わず目を背《そむ》けたくなるほどに、それは酷《ひど》い有様だった。

容子の『雲雀』は、無残に汚《けが》されていた。黒褐色とも、鈍色《にびいろ》とも、暗灰色とも、表現しがたい醜い色。そんな汚らしい色で織り成された模様が、卑劣な投網のように容子の絵を満遍なく覆っていた。

単なる悪戯にしては、あまりにも作業が細かく、また念が入っている。鮮やかなブルーの空に浮かぶ純白の雲。絵の魂であったはずのその部分が、ヘドロの海に浮かぶ嫌らしいピンクのクラゲと化している。僕はその滲んだようにだらしない色を見ながら、吐き気すら覚えていた。一体誰が、これほどに昏《くら》い情熱で、容子の絵を汚した？

何のために？

僕は言葉もなく立ちすくみ、恐る恐る容子を見た。そのときの彼女の顔を、どうしても忘れることができない。あんなふうに鮮やかに人間の顔色が一変するのを見たのは、後にも先にもあのときだけだ。

容子の顔は、みるみるうちに蒼ざめた。細い肩が小刻みにふるえだし、怯《おび》えたような瞳がすがるように僕を見た。と思う間もなく、彼女は体を翻《ひるがえ》し、いきなり駆け出した。

なぜ、あのとき僕は容子を追わなかったのだろう？　後でそう何度か自問した。彼女を捕まえ、抱き寄せ、顔を覗き込んでいたら。果たして何かが変わっていただろうか？

いや、何も変わりはしなかっただろう。容子は走り去った。佐々木先輩の許へ。きっとそうなるだろうという予感があったから、僕は彼女を追えなかったのだ。

そしてそれきり、容子は絵を描くことをふつりとやめてしまった。

「俺は青い鳥を捕まえたよ、幸せの青い鳥をな」

桜もすっかり散った頃、佐々木先輩はわざわざ僕にそんなことを言った。そのとき、僕の胸に暗い疑いの影がさした。

（なあ、おい。あの子をイーゼルの前からひっぺがすには、どうしたらいいと思う？）

かつての彼の陽気な慨嘆が、頭の中でこだました。どうしたらいい？　どうしたら？　最も効果的な手段があったではないか。効果的で、決定的な手段が。そしてそれは、実行された……？

僕は懸命に首を振った。何の証拠もない。それは卑怯な中傷でしかない。

だが、いったん生じた疑惑は、容易に去ろうとしなかった。それは容子の作品を汚した絵筆にも似て、僕の心に暗い蜘蛛《くも》の巣をこしらえてしまったのだ。

汚されたブルー。手の中に捕らえられた小鳥。もし、両者の間に何らかの繫《つな》がりがあるとしたら――。

「どうしたんだ？　ぼんやりしちまって……」

二本目の煙草を灰にしながら、佐々木先輩が言った。しかしそう言う彼自身、ずいぶん長い間、ぼんやりしていたに違いない。二人して顔を見合わせて笑い、気まずくなりかけた空気を追いやった。

「なあ、おい」

彼は以前と変わらない口調で、言い出した。「容子のことなんだが、さっきは誤魔化して悪かったな。ここんとこちょっと、調子よくないもんでさ」

僕は驚きに目を見張った。

「彼女、病気なんですか？」

「いや、そういうわけじゃなくて……」佐々木先輩は言い澱んだ。「最初の、赤ん坊がな、駄目になっちまったんだよ。ひと月ばかり前の話だけどな。体の方はもう心配ないんだが、精神的に、何ていうか……ここんとこずっと不安定なんだよ、あいつ」

「それは……」

そのまま言葉が続かない。ひと月前。彼女が電話をかけてきた時期と、ぴたりと一致する。

（私、殺されたの……）

彼女はそう言っていた。死んだのは、お腹の赤ん坊だった。

「最初はもう、見ちゃいられなかったよ。やたらに自分を責めるんだ。自分のせいだ、自分の不注意のせいだってね。仕方がないことだったんだって、いくら言い聞かせても、駄目なんだよ。子供のこともそりゃショックだったけどな、それ以上にあいつが可哀相でさ、たまらなかったよ」

胸につかえた苦いものを吐き出すように、彼は言った。まるで別人を見るような思いで、僕は相手を見やった。

「今も、そんな感じなんですか？」

だとしたら、そんな容子を一人きりにしていいはずがない。だが相手は晦《くら》い目をして、いいや、と首を振った。

「余計悪いね。やたらと陽気に振る舞うんだよ。浮かれ過ぎているくらいにね。それが、無理してるのが見え見えでさ、痛々しいんだよ。今日もそんな感じさ。いたたまれなくなって、飛び出してきたんだ」

そして、あいつのためには今は側《そば》にいない方がいいんだよ、と付け加えた。吸いさしの煙草が、いたずらに灰になっていく。我が子のために、一時はやめた煙草……。

「なあ、おい」

茫然と黙り込む僕に、彼は先刻と同じ言葉を投げた。

「暗い話のついでだ。俺はずっと知りたかった。なぜ、あんなことをした？」

「え？」

「わかっているんだろう？　今俺たちは同じことを考えていたはずだ。容子の絵だよ。なぜあんなことをしたんだ？　あいつの絵を誰よりも評価していたのは、お前じゃなかったのか？」

言葉の内容を理解するのに、僕はしばらくかかった。そして、啞然と相手を見やった。彼は僕が、あの絵を汚した犯人だと思っていたのだ。

何ということだろう？

くっ、という、我ながら奇妙な音が歯の間から漏れた。実際には、泣きたかったのかもしれない。だが、僕は泣き方なんか知らなかった。腹の底から込み上げてきたのは、ふるえを帯びた笑いだった。

相手はいささか気味悪げに僕を見ていた。笑いの合間にようやく僕は言った。

「容子さんがそう言っていたんですか？」

「いや、あいつはそんなこと言っていない。俺が勝手に考えていただけだ」

「それで安心しました」僕はかろうじて笑いを止めることができた。「違いますよ、僕じゃない。誓ってもいいですけど。僕はね先輩、あなたがやったことだと、ずっと思っていました」

相手の顔はみものだった。とんでもないというように目を見開き、それから憤然と言った。

「容子がそう言っていたのか?」

「いいえ、僕が勝手に思っていただけです」

僕らは呆れ顔で互いを見やった。そして、ほぼ同時に吹き出した。

「お前を疑うなんて、考えてみればどうかしてたな。あの鍵のことがあったもんだから」きまり悪げに相手は言った。「あのときアートクラブの鍵を持っていたのは、容子と、部員一人と、あとはお前だけだったろうが?」

「ああ」僕は合点した。「彼女がよく失くすからって言って、一時期合鍵を預かったことはあります。だけど、あのときはもう持っていませんでしたよ」

「それまでに容子が失くしてたわけか」

思い当たる節がないでもない、といった口調だった。

「そういうことです。ところで、先輩。白状しちまいますが、僕があなたを疑っていた理由は、もっと薄弱ですよ」

「ぜひ聞かせてほしいね」

憮然とする彼に、僕は軽く笑って言った。

「僕のつまらないプライドですよ」

何のこだわりもなく、そのセリフを口にすることができた。

「……お前、変わったな」まじまじと僕の顔を見ながら佐々木先輩は言い、そしてニヤリと笑った。「何てのか、いい男になったよ」

反応に困って、僕は少し肩をすくめた。

「今となっては、穿鑿《せんさく》するのも無意味かもしれませんが……」

「真犯人のことか？」

「ええ。僕としては、先輩であってくれた方がまだしもですがね」

これもまったくの本音だったが、佐々木先輩は苦笑いした。

「今となっては過ぎたことだな。時計の針は、戻りっこない」

僕はうなずき、「それにしても、彼女があれで絵をやめることになったのは、残念ですね。本当に才能があったのに。独特な感性を持っていましたよ。世界はすべて、色彩で構成されているなんてね。人間もそうだって。僕はピーチ・ブラックなんだそうです」

「ああ、いつかそんなことを言っていたな。俺はビリディアンという緑だそうだ。水酸化クローム酸化物でできた絵具なんだと」

「へえ、面白いですね。ピーチ・ブラックは桃や杏の種の炭から作られるって言ってましたよ」

言いながら、僕は頭の隅で奇妙な苛立ちを感じていた。正体不明の小さな刺《とげ》がちくちくと突き刺さって、自己を主張していた。大切なことを見落としている。何かがおかしい。しかし一体何が？

突然、僕は立ち上がった。

「すみません、急用を思い出しました。失礼させていただきます」

強引に伝票を奪い取った。佐々木先輩は驚いて僕を見たが、やがて疲れたように笑った。

「そうか、残念だな。久しぶりに会えて楽しかったよ」

そして、俺はもうしばらくここにいるよ、と言いながら、新しい煙草に火を点けた。

僕はそそくさと支払いを済ませ、店を飛び出した。調べなければならないことがあった。今、すぐに。

近くの書店に飛び込み、美術書のコーナーへ向かった。美術年鑑や画集と並んで、数種類のハウツー物や絵画技法書があった。僕は目についた一冊を抜き取り、忙しくページをめくった。

やがて、求めていた記述に行き当たった。

二十分後、僕はグリーンのカード電話に寄り掛かり、受話器を握りしめていた。

コール音が一回……二回……なかなか出ない。十五回まで数えたとき、ようやく繋がった。

僕はひとつ深呼吸した。

「……僕だよ。もう忘れていたろうね？」

息を呑む気配がし、続いて機械に録音されたのではない、彼女の〈声〉が聞こえてきた。

「覚えているわ」

「留守ばかり狙って、電話をかけてくるもんじゃないよ」

相手はくすりと笑ったようだった。

「電話をかけるときを狙って、留守にするものじゃないわ」

「あのな、真面目なサラリーマンは普通、平日の真っ昼間には家にいないんだよ。知ってたかい？」

容子はまた少し笑った。僕は同じ軽い調子で続けた。

「なぜ、あんなことをしたんだい？」

少し、沈黙があった。

「何のこと？」

「わかっているんだろう？　雲雀はどうして飛べなくなったのさ。どうして君は、あんなことをしたんだい？」

「何を言っているのか、わからないわ」

消え入るような声で、容子が言った。

「それじゃ、僕が説明しようか。まったく、僕やそれに佐々木先輩があれほど油絵に関して無知じゃなきゃ、あのとき当然気づいていいことだったんだよ。今まで全然知らなかったけど、油絵具には禁忌色《きんき》っていうのがあるんだって？　絶対に混ぜちゃいけない色の組み合わせがあるんだって？」

少し言葉を切ったが、相手は無言である。

「いつだったか、ピーチ・ブラックは桃や杏の種の炭から作られるって、教えてくれたよな。

あのとき、もっと詳しく教わっておくべきだったかもしれない。今はちょっと詳しいぜ。にわか勉強だけどね。例えばカドミウム・イエローは硫化カドミウムでできている。エメラルド・グリーンは酢酸亜比酸銅。クローム・グリーンはクローム酸鉛とフェロシアン化第二鉄。シルバー・ホワイトは塩基性炭酸鉛。コバルト・バイオレットは砒酸コバルト。まるで化学の授業みたいじゃないか？」

「もういい」

「君は聞かなきゃならないよ。ヴァーミリオンは何と硫化水銀だ。そして、ウルトラマリーン」

「珪酸《けいさん》アルミナ・ナトリウム」

淡々と、容子が口を挟み、僕は少しひるんだ。

「そう、やっぱり君はちゃんとわかっていたんだね。僕は考えたこともなかったよ。あの銀色のチューブの中身が、化学式を油で練り込んだものだなんてね。そういう化学物質の中には、混ぜ合わせると化学変化を起こすものがある。だから油絵具には、絶対混ぜちゃいけない色の組み合わせがあるんだ。それが禁忌色だね」

相手は再び口をつぐんでしまったようだった。

「今並べ立てた色はみんな、禁忌色を持っている絵具だよね。化学的に、とても不安定なんだ。特にエメラルド・グリーンや、ウルトラマリーンはね。シルバー・ホワイトも、君はあのとき素人向きじゃない理由として、値段のことを挙げていたけれど、一番の理由は、禁忌色が多いことだったんだ。白としては、ジンク・ホワイトよりもよほど純白で美しいそうだけど。あのとき君が描き出した色は、本当にきれいだったね。曖昧で、微妙な色彩だった。今まで見たどんな絵にも、あんな色はなかった。だけど、それも当然だった。君は絶対に混ぜ合わせちゃいけないとされる色ばかり選んで、あの絵を描き上げたんだ。ウルトラマリーンとエメラルド・グリーン、クローム・グリーンとカドミウム・イエローなんて具合にね。その禁じられた混色の結果、束の間の美しさは得られたかもしれない。だけど化学変化は避けられず、あんなふうに醜く変色してしまった……」

あのときの絵が、まざまざと脳裏に浮かぶ。蜘蛛の巣のように絡みついた汚れ、吐き気がするほどに汚らしい色。だが、あの繊細なタッチは、容子自身のものだった。

「本当ににわか勉強ね」

容子が再び口を挟んだ。人を小馬鹿にしたような彼女の口調は、しかし僕には精一杯の虚勢に思えた。

「あなたは絵のことなんて何にもわかっていないのよ。禁忌色っていっても、必ず変色するわけじゃないんだから。シルバー・ホワイトとヴァーミリオンを混ぜると黒変するっていわれているけど、あれは昔から肌色を作る基本色で、使用例はそれこそ無数にあるけど、本当に変色した例なんて、ほとんどないわ。変化するにしても、長い時間がかかるもの。あんなふうに短い間に変色したりしないんだから」

子供が、親に口答えしているみたいな口ぶりだった。そんな彼女が痛々しかった。しかし、僕はどうしても真実が知りたかった。そのためには、いくらでも残酷になれそうだった。

「確かに、君の言う通りだよ。顔料は一粒一粒油の被膜で包まれているから、乳鉢で丁寧に擦ったりでもしない限り、まず化学変化は起こらないものとみていい。だけど、揮発性油を多量に使って、顔料を露出させてしまった場合は別だ。君はあのとき、テレピン油をやたらと使っていたね」

ゆるゆると溶かれた絵具。マーブル模様を描いて混ぜ合わせられる色と色。じわじわと進行してゆく、化学反応。

「もうひとつある。マダーレーキと呼ばれる赤の上に、白で重ね塗りをすると、やがて淡い赤が表面に滲んでくる。これは〈泣き〉と呼ばれる現象だね」僕はいまいましい思いで、あの嫌らしいピンクの雲を思い描いた。「君はあの一枚の絵の中に、油絵技法上のタブーをいくつも塗り重ねていったんだ。掟《おきて》をことごとく破るなんていうのは、その掟自体を熟知していなければできないことだ。君はわざとやった。わざと、あの絵が台無しになるように仕向けたんだ」

僕は深いため息をついた。そして、再び黙り込んでしまった相手に向かって、一番尋ねたかったことを聞いた。

「……なぜ、あんなことをしたんだ？」

かすかな返答があり、聞き取れなかった僕は、問い返した。

「きっかけよ。きっかけが欲しかったのよ」

「何の？」

「絵をやめるきっかけよ」

「どうしてさ。君にはすごい才能があったのに」

「あなたがそうだから、私は……」終《しま》いの方は、ほとんど悲鳴に近かった。「私の才能なんて、誰も……私だって信じていなかったわ。あなただけよ、そんなものを信じていたのは。確かに支えになってくれたわ。嬉しかったのも本当。でも、それ以上にどんなに辛かったか、あなたにわかる？　私に才能なんてないことは、私が一番よく知っていたわ。なのに、どうしてあんなに無条件に信じていられたのよ。あなたがそんなだったから、私は……」

嗚咽《おえつ》の声が聞こえてきた。胸を掻《か》きむしられるような声だった。

容子を追い詰めていたのは、僕か……？　僕の期待が、容子には重過ぎた。賛辞は逆に、容子を苦しめた……。

「本当にあんな方法しか、なかったのか？」

しばしの絶句の後、ようやくそれだけ言った。

結局容子のことをまるで理解していなかったのは、僕の方だった。平凡であることを望んでいたのは、容子自身だった。僕はしゃくりあげる彼女の声を、ひどくざらついた思いで聞いていた。

佐々木先輩はいい人だ。彼を大切にな。そんなセリフが喉から出かかったが、かろうじて止めた。埒《らち》もない。そんなことを言って、何になる？

「苦しめて、悪かった。体を……大事にな」

そう言って、切ろうとした。その気配を察したように、容子が叫んだ。

「あなたが謝ることじゃないわ。あなたが悪いんじゃない。私が弱かったから。あなたの期待に応えられる力がなかったから。もし私に、あなたが信じてくれたような才能があったら……あなたのような強さがあったら、私は……」

「そうしたら？」

「……何でもないわ」

電話は柔らかく、しかし唐突に切れていた。容子にはいつも、一方的に電話を切られてばかりいる。

彼女はどう言葉を続けるつもりだったのだろう？

僕は肩をすくめた。考えて、何になる？

建物を出ると、外は夕闇に包まれていた。道行く人々の足どりが、気ぜわしくなり、自動車のテールランプが、どこまでも連なっている。街にはネオンが灯《とも》り始め、銀座は夜の顔に装いを改めようとしていた。

僕は先刻の喫茶店を覗いてみた。そこに佐々木先輩の姿はすでになく、幸福そうなカップルが、顔を寄せて楽しげに笑い合っていた。

もう一度彼に会って、何を言うつもりだった？　あなたが捕まえたと言って、有頂天になっていた青い鳥は、ずっと前に死んでいたと？　冷たい、灰色のむくろになっていると？

灰色――燃焼という化学変化の末に残る、無彩色。そして。

際限のない混色のもたらす、混沌。

僕は踵《きびす》を返し、再び雑踏へ躍り出た。人、人、人。ネオンに彩られた街。不安な活況を帯びて……。

僕は足早に歩いた。もうたくさんだ。空高くさえずる小鳥を捕らえてしまう男も、自ら鳥籠の中に飛び込んでしまう女も、無神経に、人の一番弱い部分に踏み込む自分自身も。

容子はブルーだった。あまりにも不安定な。僕には彼女を支えてやるだけの力がなかった。それだけの話だ。

僕はいくつかの角を曲がって、地下へ続く階段を下りた。割合に名の知れたカフェバーで、今夜は貸切りになっていた。

雑踏で佐々木先輩に肩を叩かれる前、僕はこのパーティにあまり乗り気ではなかった。会社の同僚の義理で、参加を決めたようなものだった。だが今は、人間の間に入っていたかった。無性に人恋しかった。

重い扉を開けると、何やら甘ったるい音楽と、人々のざわめきが聞こえてきた。大分遅刻してしまったが、パーティはさして盛況というわけでもなさそうだった。

通りかかったウェイターからカクテルグラスを受け取り、ゆっくりと会場の中心へ歩いていった。白と黒の市松模様で統一された、やけにモダンな内装だ。

ふいに視界の隅で、何かひどく鮮やかなものを目にした気がした。

僕ははっとして、立ち止まった。カウンターに寄り掛かるように立っている、一人の女性の姿が目に留まった。市松模様をバックに鮮やかなワンピースの赤が映《は》えている。僕は吸い寄せられるように、彼女に近づいていった。まるで燃え立つ炎のように、生き生きとした生命力に満ちた女性だ。

たぶん僕は変わったのだ。佐々木先輩が言ったように。四年前にはとてもできなかったことが、今の僕にはできる。僕はぜひ彼女と、親しくなりたいものだと考えた。きっと、何かきっかけがあるはずだ。僕はしばらく、相手の様子を窺ってみることにした。

彼女は傍らのにやけた顔つきの男に、どこか挑戦的な面持ちで何か話していた。やがて、誇らかにこう宣言するのが、聞こえた。

「きっかけなんて、大抵はつまらない偶然なのよ」

なるほど、すべてはつまらない偶然に違いない。佐々木先輩が雑踏で僕を見いだしたのも偶然なら、僕と容子との出会いも、容子と佐々木先輩との出会いも、そして苦い思い出にお似合いの結末も、結局は偶然の産物だ。

僕は一人グラスを低く掲げた。

真っ赤な天使の横顔に、乾杯。

SCENE 2

「きっかけなんて、大抵はつまらない偶然なのよ」

傍らの男にそんなふうに話し始めたのは、まったくの気まぐれからだった。なぜ、ふいにそんなことが頭に浮かんだのか、自分でもよくわからない。ひょっとすると、その店の超モダンな内装が、連想させたのだろうか。床やカウンターが市松模様で統一されていて、整然と並んだ四角い黒と白とに囲まれていると、何だか奇妙に落ち着かない気分になってしまうのだ。けれど落ち着けない理由は、何も店にばかり責任があるわけではないのだろう。この、何やらよくわからない集まりにしても、果てしなく退屈で、実につまらない。それなりに贅沢《ぜいたく》なのに、さして盛況というわけでもない。時間ばかりが、だらだらと過ぎてゆく。場を盛り上げようなどと、殊勝なことを考える人間は、どうやら一人もいないらしかった。ただひたすら、知った顔同士が三々五々小さな固まりになって、当たり障りのない会話を無意味に漂わせているばかりなのだ。

一応私のボーイフレンドという立場にあるその男は、先刻から有名人が著名になったきっかけということについて、延々としゃべっていた。どのみち、何かの雑誌で特集していたに違いない。彼の話題で、トレンド雑誌のバックナンバーから出典が見つからないものは、ほとんど

皆無といってよかった。彼はある高名なファッションデザイナーの名を挙げ、

「あのヒトもさ、昔はすごい貧乏だったんだってさ。服とかも、ろくに買えなくて、で、あるときテレビでファッションショー見てさ、よし、今にこんな服を自分で作ってやるって思ったのが、きっかけなんだってさ。何かわかるよなあ、そういうの」

社会人にもなって親から小遣いをもらっている身でいながら、この人は一体何がわかるというのだろう？　ふいに意地悪な気分になった。この場全体の、白茶けたお上品なムードへの反発も手伝って、およそこんな場合に相応しくない話題を持ち出したくなった。

例えば、思い切り個人的な話だとか、できれば湿っぽい暗い話だとか、を。

私はグラスの縁についた、半透明の塩の結晶をちょっとなめた。その甘いカクテルは、私の頬を上気させてはいたが、まだ酔わせてはいなかった。

「そうかしら」

私は言った。

「きっかけなんて、大抵はつまらない偶然なのよ。私、そう思うわ」

彼は怪訝《けげん》な顔をしたが、構わず続けた。

話しながら自分でも意外に思ったのだが、それはその瞬間まで、きれいに忘れていた、古い思い出だった。


私が高校生だった頃のことだ。

ある時期から、私はふっりと学校へ通うことをやめてしまった。

今でいう、登校拒否だ。その頃すでに、そんな言葉がささやかれていたものか、記憶していない。たぶんあったのだろうが、私は自分の行動に、勝手にそのような名前を与えられたら、きっと反発を覚えただろう。学校という極めて特殊な世界に、ことごとく反発を覚えたように。

こんなふうに言うと、人はきっとある種の先入観を抱いてしまうだろう。私はいわゆる〈不良〉ではなかった(私はこの言葉も嫌いだ。まだしも〈ワル〉の方が、すっきりしているではないか?)。私は頭のいい生徒だと思われていたし、周囲からの受けも良かった。客観的に見て、人気者の部類に入っていたと思う。そしてそうした生徒が持ってしまいがちな、自惚《うぬぼ》れとも無縁ではなかった。良くいえば、非常に自尊心が強かったのだ。

ところがこの自尊心というものは、場合によっては持っていない方がよほど生きていくのが楽なのだ。そして私の通っていた高校は、生徒の自尊心を打ち砕くことをこそ、至上の目的としているとしか思われないところだった。

後で聞いたところによると、私の入学の前年に不祥事があり、新たに着任した校長が躍起になって締めつけを図った、ということらしい。その主たる骨格は、夥《おびただ》しい校則にあった。無意味で微に入り細にわたる、粘っこい約束事の群れである。

入学式の日から、すでにどこかおかしかった。

入り交じる期待と不安に複雑な気持ちで校門をくぐった私が、最初に目にしたのは異様な光景だった。見るからに恐ろしげな風貌をした先生が五、六人、腕組みをしつつ道行く新入生を睨《にら》みつけているのだ。

いささか心にひるみを覚えながらも、一礼して通り過ぎようとした。

「おい、お前」

低い、どすのきいた声が響き渡った。それが自分に向けられた言葉であることが、とっさに私には理解できなかった。

「お前だよ、お前。何だその袋は。校則違反じゃないか」

茫然と立ちすくむ私に、なおも叱咤《しった》は続けられた。

その、ひときわ恐ろしげな風貌の教師の言う〈袋〉が、私が下げている布製の手提げ鞄をさしているのだと、おぼろげながらわかってきた。可愛らしいプリント模様のその鞄は、入学祝いに、と祖母がこしらえてプレゼントしてくれたものだった。

「服装や持ち物については、説明会でちゃんと言っておいただろうが。お前、何を聞いていたんだ」

罵声を身体中で受けながら、ぼんやりと、その〈説明会〉なるものを思い起こした。マイクの声がひどく割れていることに加えて、浮足立った生徒たちの私語で、ほとんど何も聞き取れはしなかった。あの説明会はすなわち、校則の説明会であった、ということらしい。それすらも、よくはわからなかったのだ。

頭ごなしにどなりつけられた上、手提げ鞄は没収された。その間、私はとうとう一句も発することができなかった。

一事が万事である。

校則イコール拘束。おそらくは使い古されているであろう、そんな駄洒落《だじゃれ》が、しょっちゅう頭をかすめた。「～してはいけない」あるいは「～でなければいけない」という類の、校則、規則、約束事の、何と馬鹿馬鹿しいくらいに膨大だったことか。

曰《いわ》く、女子の髪は肩についてはいけない。前髪は眉の上でなければいけない。男子の髪は、耳についてはいけない。パーマ、脱色、染髪はもちろん禁止。靴下は白色で、三つ折りのこと。ワンポイント、ライン入りは禁止。男子のカッターシャツは、学校指定のものに限る。当然開襟《かいきん》シャツ、ボタンダウンは禁止。スカート丈は膝頭の真ん中。長くても短くてもいけない。傘は黒か紺のみ。柄物は不可。漫画本、雑誌、CD、その他勉強に必要ないものを持参してはならない。持参した場合、もちろん没収。

全校集会で生活指導の教師が好んでする話に、しばしば〈腐った蜜柑《みかん》〉という言葉が出てきた。腐った蜜柑が一個でもあると、一箱の蜜柑すべてが腐ってしまう。だから早めに取り除かなくてはならない……。

全校生徒がすし詰めに押し込められた体育館の中で、私は紺色の固まりのひとつに過ぎなかった。しかしその無個性な固まりは〈腐った蜜柑〉という言葉が飛び出す度に、激しい敵意と反感を、学校に対して燃やしていたのだ。

とはいうものの、私は結局は真面目で臆病な生徒だったから、校則を破らないことに常に腐心していたと言ってよい。校則違反をした生徒がずらりと並べられ、一人一人拳骨を喰ったり、定規でお尻をぶたれたりする光景を見るにつけ、あの中にだけは入りたくないと、怯え続けていたのだ。

だが、がんじがらめに張り巡らされた校則は、卑怯なカスミ網だった。まるで違反をする意思がなく、反抗するだけの度胸もない生徒たちですら、容易にからめ捕ってしまうのだ。

早い話、前髪はあっという間に眉毛に達してしまう。制服をクリーニングにでも出すと、うっかり名札や校章をつけ忘れることも、ままある。友達の誕生祝いに持ってきたCDも、見つかれば取り上げられてしまうのだ。

一番我慢できなかったのは、女であることが理由で感じさせられる屈辱だった。抜き打ちの持ち物検査で、容赦なく開けさせられたものの中には、生理用品の入ったポーチもあった。体育の際は、体調が悪くて見学する者も運動着に着替えさせられた。それが水泳の授業だと、女生徒には最悪だった。生理中に水着に着替えることが、どれほどに恥ずかしいことか、その男性の教師は理解しようともしなかった。

「女は生理って言やあ、体育をさぼれると思っているからな」

そんなことをよく言っていた。

「タンポンを使やあ、いいんだよ」

などとも言っていた。

私が登校を拒むようになったのも、原因はその延長線上にあった。

女生徒は必ずスリップを着用するように、という決まりが、新たにできたのだ。こんな馬鹿馬鹿しい決まりができた原因を敢えて探すなら、女生徒の制服がセーラー服だったことにある、としか言いようがないだろう。夏場の暑さから、スリップを着ていない生徒は多かった。だから手を上げたりなどの動作につれて、ちらりと脇腹や背中が見えることがあり、それはまだよろしくない、ということなのだ。

いつの間にか、色まで学校側の大好きな白に限定されていた。

いったん決まりができてしまえば、次に行われるのはその決まりが遵守されているかどうかの検査である。

蒸し暑い夏の日に、生活指導の教師がやってきて、下着の検査をすることを私たちに伝えた。女の先生を伴うようなデリカシーは、彼とは無縁だった。

「上着の裾を、ちょっとめくるだけでいい」

と言いながら、廊下側の最前列にいた私の前にやってきた。

私は黙って先生を睨み据えた。それまでに積もり続けていた理不尽さへの怒りが、内臓の中に凝集し、もやもやと動き始めていた。

「早くしろ、日が暮れてしまうぞ」

横柄に言いつつ、唇の端でにやりと笑った。その薄い唇の動きを見たとき、私の内側で何かが弾け飛んだ。

「嫌、です」

むしろ静かに、私は言った。

「嫌じゃない、やるんだ」

怒気を露《あらわ》にして、相手は叫んだ。しかしどういうわけか、日頃感じる恐怖を私はまるで感じなかった。

「絶対に嫌です。先生に、私たちの下着まで管理する権利はありません」

日頃おとなしい、真面目な生徒からの思いがけない反撃に、先生は驚いたらしかった。

「何を偉そうな口を利いているんだ。俺の言うことが聞けないっていうんなら、ここから出て行くんだな」

それは彼の切り札というべき言葉だった。停学や退学を匂わすと、生徒は泣いて非を詫びる。真剣にそう考えている口調だった。

「さあ、どうした。早く出ていけよ」

意地悪く、そう追い討ちをかけた。

「はい、そうします」

私は答え、どうなることかと成り行きを見守っている級友や、虚を衝かれた体《てい》の教師を尻目に、学生鞄に教科書や荷物を詰め込んだ。そして教室を出て、そのまま家へ帰ってしまった。

次の日も、その次の日も、私は学校へは行かなかった。

あのときの私は、絶対的に正しかった。その後どれほど自分に不正直であったにせよ、あのときの私だけは真実正しかった。そう確信を持って、断言できるのだ。

ただ、正しくはあったかもしれないが、馬鹿だった。私はその行為によって、自分を出口のない袋小路に追い込んでしまったのだ。

両親の反応は、思ったほどではなかった。思いがけず早い時刻に帰宅した私を見て、母はまず具合が悪いのかと尋ねた。幾分苦労しながら事の次第を説明すると、ため息をつき、

「それは、先生の方が悪いわねえ」

と呟くように言った。

父の反応も似ていた。「お前の方が正しい」

怒ったように一言、そう言った。

両親のそんな反応は、私を少し安心させた。けれど、日が経つにつれ、そうもいかなくなってきた。一週間目に母が進路のことを口にし、十日目には父がぽつりと言った。

「このままじゃ、お前は負け犬になってしまうぞ。いくらおまえが正しくても、それじゃ何にもならないんじゃないのか?」

私にはどう答えようもなかった。

あと一週間ほどで夏休み、という日に、母が言い出した。

「そうそう、美崎《みさき》のおばあちゃんが、あなたに遊びにこないかっておっしゃってたわ。もうすぐ夏休みだし、しばらくお邪魔してみたらどうかしら?」

母は何気なさそうに装っていたが、彼女がよく電話で祖母に相談を持ちかけていたことは知っていた。だから、ところを替え、人を替え、私の説得作戦に入ろうという意図は、実のとこ

ろ見え透いていた。

にも拘らず行ってみる気になったのは、入れ替わり立ち替わり現れる先生やクラスメイトに、うんざりしていたせいだった。夏休みに入れば、いわば合法的に学校を休めるわけだが、このままでは家にいても落ち着けないのは目に見えていた。

いや、落ち着けない理由は両親でも先生でもクラスメイトでもなく、すべて自分自身の中にあるのだということも、私は承知していた。そしてだからこそ、すべてを振り払って違う場所に出かけてみようと考えたのだ。

美崎の祖母は、九年前に夫を亡くして以来、一人で生活していた。折り目正しく上品でいながら、まるで童女のような印象を周囲に与える人だった。そしていささか拍子抜けしたことに、祖母はただの一度も学校へ行けとは言わなかった。私は結局一夏美崎にいたのだけれど、その間祖母は学校のがの字も口にしなかった。ひたすら、今日はどんな美味《おい》しいものを食べましょう、どんな楽しいことをして過ごしましょう、どんな面白いところへ行きましょう、といったことばかり、小鳥のようにしゃべり続けているのだ。そこには何のポーズも気負いもなく、普段の祖母の生活態度そのままなのだということは、しばらく一緒にいれば嫌でもわかってしまった。

祖母は生活を楽しむことにかけては、並ぶもののない名人だった。叩き売りの野菜や安い肉や、果ては野草や山菜が、祖母の手にかかると驚くほどに美味な一皿になった。広告紙を正方形に切り取り、複雑な折り紙をこしらえたり、綿を芯に糸を巻き付け、その上に美しい色糸をかがった見事な飾り毬《まり》を作ったりした。祖母と野山を歩くと、道端の取るに足らない草花が、すべて可憐な和名を持ち、素晴らしい薬効だの、素朴な言い伝えだのを持っているのだということがわかった。河原を歩けば、転がる大小の石はすべて、動物の顔に似ていたり、遠くの山山に似ていたりした。家の中にいてさえ、聞こえてくる様々な物音に意味を持たせる術を祖母は知っていた。

自動車の音ひとつにしても、「今のはお向かいの木村さんのところの車ね」「トラックね、今頃お引っ越しかしら」「ああ、宅急便の車だわ」等々、数え上げればきりがない。

「おや、蝉《せみ》の声が変わったね。あれはつくつくぼうしだわ」

あるとき祖母がそう言った。その途端、私は胸が締めつけられるような思いを味わった。ああ、夏が終わってしまう。優しい夢が覚めてしまう、その漠とした不安。そして焦躁。

私の心中をよそに、祖母はあくまでも穏やかに、そして無邪気に微笑んでいた。

その晩、食後に祖母は居間に折り畳み式の碁盤を抱えて入ってきた。上に碁器が二つ、一対の雛人形《ひなにんぎょう》のように鎮座している。

「さっき、蚊取線香を探していたら、こんなものが出てきたわ」

「おじいちゃんの？」

「そうよ、おじいちゃん、碁が大好きでねえ、これを抱えてしょっちゅう、近所の碁敵《ごがたき》のところへ行っていたわ。出かけたら最後、もう帰ってきやしないのよ」

朗らかに祖母は笑い、つられて私も笑った。

「おばあちゃんが相手できれば良かったんだけど、私はからっきし碁が駄目でねえ。オセロゲームなら、あなたたちのお相手をずいぶんやったから、何とかわかるけれどね。あのゲームは面白かったわ。ぱたぱたあって相手の石を引っ繰り返すのが、何ていっても最高なのよね」

祖母は碁盤を広げ、白い石と黒い石とを交互に並べ始めた。そして相変わらず歌うような調子で、楽しげにしゃべり続けるのだ。

「あれは何だわね、ちょっとしたコツさえ呑み込んでいれば、勝てるゲームよね。たとえ相手が強くて勝てなくっても、大負けすることはないもの。要するに、ポイントをいかに早く押さえるか、でしょう?」

「そうね、四隅を押さえてしまえば、まず負けないわ」

私はうなずいた。碁石を並べる、パチン、パチンという音が、小気味よく響いた。

「ゲーム中、ずっと相手のペースで、ゲーム盤が相手の色で真っ黒になっちゃっても、四隅を白が押さえていれば、最後の瞬間にはぱあっと形勢が逆転するのよね。逆転満塁ホームラン、ゲーム盤は真っ白、私の勝ちっ、ていう感じで」

祖母のおどけた仕種《しぐさ》に、私は笑った。いつの間にか碁盤の上には、黒白の碁石が市松模様に並べられていた。

「ねえ、ちょっとゲームでもしましょうか?」

「でもおばあちゃん、私、碁はできないわ」

「碁じゃないの、オセロでもないわ。もっと簡単なゲーム。あなたはおばあちゃんが向こうを向いている間に、この碁石をひとつ、選ぶのよ。黒でも白でもいいわ。それはあなたが決めてね。それから、今度はあなたが向こうを向いている間に、私が石をひとつ、取るの。もし、二人の石の色が違ったら、あなたの勝ち。おんなじだったら、おばあちゃんの勝ち。どう?」

「面白そうね」

そう答えたのはほとんどお愛想だったが、祖母は無邪気に喜び、しかもやる気満々だった。

「何か賭けましょうか? その方が、ゲームが面白くなるもの」

「賭けるって、何を」

今度は少し、興味を惹かれた。

「あなたが勝ったら、あなたの望みを聞いてあげる。おばあちゃんが勝ったら、何でも言うことを聞くの。いい?」

祖母の意図するところが、何となくわかりかけてきた。そして、自分が負けるかもしれないなどとは、微塵も考えていない祖母の無邪気さが、無性に愛しく、少し哀しかった。

「じゃあもし、私が勝ったら……」

きっとそのとき、私はひどく思い詰めた表情をしていたことだろう。大きく息を吸い、続けた。「ずっと、この家にいてもいい?」それは、二度と、学校へも家へも戻らないことを意味していた。

「もちろんよ、あなたが勝ったらね」

明らかに負けを考えていない無頓着さで、祖母は請け合った。

祖母は向こうを向き、そして私は両手で整然と並んだ碁石をかき混ぜた。碁盤の上には、黒と白の無秩序な小さな固まりができた。

私は石をひとつ選んだ。

「選んだわ。おばあちゃんの番よ」

今度は私が後ろを向いた。右手には石がひとつ、握られていた。

祖母の選択は意外に手間取り、私の手の中に握られた石は次第に汗ばんできた。単純そのものの無邪気なゲームが、そのときの私には決定的な賭になっていた。

「お待たせ。もうこっちを向いていいわ。どれにしようか、ずいぶん迷ってしまったわ」

祖母はぺろりと舌を出した。そんな仕種はいかにも童女めいていて、張り詰めていた緊張がわずかに緩んだ。

「さあ、私の石はここに入っていますからね」

祖母は右手で着物の袖《そで》を押さえた。私はじっと祖母の左の袂《たもと》を見つめた。布地を通して袂の中身が透けて見えるのではないかと思うくらい、真剣に見つめた。浮かび上がってくる石の色は、白のようにも見えたし、黒のようにも思われた。

「さあ、あなたの石から見せて頂戴《ちょうだい》」

祖母は促し、私は汗ばんだ掌《てのひら》を開いた。そこには白い石が、鈍い光を放っていた。

祖母は右手を袂に差し入れ、焦《じ》らすように微笑んでみせた。そして痩せた手をすっと引き抜き、握りしめた掌を私の目の前に突き出した。それからゆっくりと、指を開いた。

白い石だった。

私は深いため息をついた。もう一度、祖母は微笑んでみせた。

「私の勝ち、ね」

祖母は朗らかに宣言した。

ふいに、涙が出そうになった。この、単純極まりない無邪気なゲームに負けたことに、心からほっとしていた。

「さあて、あなたには何をしてもらおうかしらね」

歌うように祖母は言い、私は激しく首を振った。

「おばあちゃん、お願い。何も言わないで。私、学校へ行くわ。新学期が始まったらきっと行く。だから何も言わないで」

涙が頬を伝っていた。私は幼い子供のように、祖母の膝に身を投げ出し、学校へ行くから、きっと行くから、と繰り返した。祖母は何も言わず、ただ優しく私の頭を撫でていた。

二学期が始まり、私は約束通り学校へ通い始めた。翌年、祖母は肺炎で亡くなった。

もしあのとき、私か祖母のどちらかが黒い石を選んでいたら、と思う。確率は二分の一だった。あのとき賭に勝ってしまっていたら、私は永久に学校へ戻るきっかけを失っていただろう。そしてきっと駄目になっていた。それが今ではよくわかる。

子供騙《だま》しの単純なゲームで、黒い石を選ぶか、白い石を選ぶか、そんなつまらないことで、すべては決められたのだ。二分の一の確率で、大袈裟ではなく私の人生は決定的に違ったものになっていたに相違ない。

まったく、何かのきっかけなんて、すべてつまらない偶然の産物なのかもしれない。少なくとも、それは私にとって根拠のない主張ではないわけだ。

「……下着の検査はいつの間にかなくなっていたわ。私が母校の後輩にしてあげられた、唯一の貢献ってとこかしらね」

話し終えた私は、グラスの底にわずかに残っていたマルガリータをゆっくりと飲み干した。すかさず目敏《めざと》いウェイターが、別な飲み物と取り替えてくれた。名前はわからなかったけれど、赤い色がきれいなカクテルだった。

「それで君は、検査のときに下着を着ていなかったわけ?」

終始曖昧な笑みを浮かべて耳を傾けていた彼が、腹が立つくらいつまらないことを聞いてきた。実際腹が立ったから、グラスの中身を相手にぶちまけてやろうかとさえ考えた。けれど、実行には及ばなかった。私の肘《ひじ》に、傍らにいた人の背中が突き当たり、赤いカクテルは自主的に彼の派手なスーツに飛び込んでいったのだ。

「これは失礼しました。とんでもないことをしてしまって……」

背中から突進してきた男性は、ひどく恐縮してみせたが、それでいて態度は奇妙に落ち着き払っていた。

「本当に申し訳ありません。クリーニングで落ちればいいんですが」

そう言って丁寧に一礼した顔は、意外に若かった。

「君、不注意にもほどがあるじゃないか。一体どうしてくれるんだよ。これはねえ……」

とブランド名をわめき立てようとする彼を制し、私は素っ気なく、

「でも、私だってぼんやりしてたんだし、それよりも、早く洗面所に行ってきたほうがいいわよ」

と押しやった。彼は非常に不本意そうにではあったが、それでも足早にその場を立ち去った。

「まったく申し訳ないことをしてしまって……」

言葉とはまるで裏腹な、むしろ楽しげな口調に、思わず振り返った。私の視線を受け止めると、相手はひょいと肩をすくめてみせた。ハンサムではないけれど、好感の持てる顔だ、と思った。

「君の彼氏は、たっぷり五分は帰ってこないだろうね?」

言いながら、にやりと笑った。憎めない笑顔だ。

「十分よ。可哀相に、お気に入りのブランドスーツだから」

相手の動作を真似て、肩をすくめてみせた。我ながら、薄情な女だと思った。

「それだけあれば上等だ」

鷹揚《おうよう》な口調で、彼は奇妙なことを言った。

「僕も君の意見に賛成だね。きっかけなんて、つまらない偶然だよ、大抵はね」

「聞いていたの？」

私の咎《とが》める視線に、相手は平然とうなずいた。

「うん、ちょっと面白かったよ」

「あなたも、私がスリップを着ていたかどうかが気になる口なわけ？」

「それも興味なくはないけど、僕としてはさっきの君の意見に、もうひとこと付け加えたくってね」

「どういうこと？」

「きっかけっていうのはね、つまらない偶然プラス、ちょっとした作為だってことさ。こんな話を知っているかい？　昔、あるところにとても偉い賢者がいたんだ。その賢者にはわからないことは何ひとつなくて、人々から深い尊敬を集めていた。ところがある日、一人の子供が言い出した。『僕は、あの賢者が絶対に解けない問題を思いついたぞ』って」

「その問題って？」

思わず釣り込まれて、尋ねてしまった。

「手の中に一羽の小鳥を隠し持っていって、賢者にこう言うんだ。『手の中の小鳥は生きているか、死んでいるか？』って。もし賢者が『生きている』と答えれば、子供は小鳥を握り潰す。『死んでいる』と答えれば、小鳥は次の瞬間には空高く舞い上がるってわけさ」

「生きている小鳥を握り潰すなんて、ひどいじゃないの」

憤慨して叫んだ。相手は軽く笑い、

「人間なら、もっとひどいことだってできるさ。けどまあ、その問題は別な機会に譲るとして、君のことに話を戻そう。君とおばあさんとでやったゲームには、実はトリックがあったんだよ」

「何、見てきたようなことを言っているのよ」

「僕は君のおばあさんが、とても頭のいい女性だったってことを言いたいのさ。おばあさんは君が焦っていることも、不安に思っていることもわかっていた。何かきっかけを求めていることも、ちゃんと承知していたんだ。あのゲームは、最初から君にきっかけを与えるために、おばあさんが周到に仕組んだことだったんだよ。考えてもごらんよ、君をそれほどに大切に思っているおばあさんが、確率五十パーセントなんていう、危ない賭をすると思うかい？　確率は百パーセントだったんだよ」

「祖母がズルをしたっていうの？」

「ある意味ではね。最初におばあさんが市松模様に碁石を並べていたのは、石の数を数えるためだった。数さえ覚えておけば、碁盤の上から白黒どちらの石が減ったのか、簡単にわかるからね」

「簡単にって言うけど、すごくたくさんの石よ。そんなにすぐに数えられるわけないじゃない。うまくいきっこないわよ」

抗議口調で口を挟んだ。そんな一瞬の早業や計算は、あの祖母には似つかわしくなかった。

「数えるのはどちらか片方だけでいいんだよ。それだと大して時間はかからない。だけど君の言う通り、うまく事は運ばなかった。君が石をかき混ぜることくらいは、当然予想していたろうけど、それどころかひとつの固まりに積み上げちゃったものだから、ぱっと見て数えるというわけにはいかなくなってしまったんだ。おばあさんはさぞ困ったろうね。君が後ろを向いて待っていた時間は、おばあさんが作戦変更に要した時間だったんだよ。そしておばあさんは石を選んだ。白と、黒の両方をね。君が白を出したら自分も白を出し、黒を出したら黒を取り出す。これはマジックの初歩的なトリックなんだ」

「それじゃあ、反対側の袂には黒い石が入っていたとでも言うつもり？　生憎《あいにく》だけど、祖母は最初に、ここに石が入っているわって言って、左の袂を触っているのよ。白い石はちゃんとそこから出していたわ」

「そう、白石はそこに入っていた。黒石と一緒にね」

「何ですって？」

「石は二つとも、左の袂に入っていたんだ」

「祖母は袂を探っただけで、手許を見ようともしなかったのよ。どうやって白い石を選び出せるのよ」

「知っているかもしれないけど、碁石の白と黒とは同じ素材ではないんだよ。白石はハマグリの殻から作られるし、黒石は那智黒《なちぐろ》って呼ばれる岩石でできている。当然、触った感じも微妙に違う。よく気をつけさえすればね」

あっ、と小さく叫んだきり、二の句が継げなかった。

つまらない偶然なんかでは、決してなかったのだ。祖母の人生で培われた知恵と、機転と、そして溢れるような私への愛情。

私は呆れ返るような思いで、相手の顔を見やった。何という人なのだろう？　今まで知り合った人たちと、彼はまったく違っていた。

「あの、さ」

それまでの態度とは打って変わった、自信なげな様子で彼は切り出した。「場所、変えて飲まないかい？　もちろん、君さえ良ければ、だけど」

「……いいわね」

あっさりと、私はうなずいた。

店を出る寸前に、濡れた上着を抱えてきょろきょろしている男の姿がちらりと目に入った。

そのとき、ようやく思い当たった。

「つまらない偶然に、ちょっとした作為、ね」

傍らの男性をちらりと見つめた。

「なあるほど、そういうことね」

彼は照れくさそうに笑った。

「なかなか、言い得て妙だろう？」

それには答えず、少しだけ、彼の方に身を寄せた。

「ねえ、賢者は何て答えたの？」

「え?」

「ほら、『手の中の小鳥は生きているか、死んでいるか?』」

「ああ、あの話か。彼はこう言ったんだ。『幼き者よ。答は汝《なんじ》の手の中にある』ってね」

私たちは立ち止まり、顔を見合わせて笑った。

二

桜月夜

Sakurazukiyo

1

不恰好な月が、おぼろな夜の向こうから、ガラスの粉を滲ませる。

風が暖かい。

「ふうん、この辺りなの?」

並んで歩く僕の顔を覗き込むように、彼女が尋ねた。つややかなストレート・ヘアが赤いワンピースの肩から滑り落ち、彼女のバストを柔らかく覆う。その優美なカーヴに少しく心を奪われながら、「どうかな」と僕は首をひねった。「確かこの辺だったと思うけど、この通りじゃないみたいだ。何しろ部長のお供で、一度行ったきりだからね。実のところ、あまりよく覚えていないんだ」

「部長サンのお供でね」相手は軽く鼻で笑った。「高いに決まってるわよ、そんな店。ここでいいじゃない」

威勢よくそう言うなり、もう手近な一軒のドアに手をかけていた。洒落たウッディタイプの看板に、ネオン管で描かれたレタリング文字が読める。

EGG STAND

タマゴ立て、か。また風変わりな店名だ。しかし感じは悪くない。決してお高くとまっているわけでも、大衆的になりすぎているわけでもない。品のいい田舎娘のような店だった。

「わあ、すごい」

一歩中に入るなり、彼女は低い感嘆の声を漏らした。赤い唇が口笛を吹く恰好にすぼまり、僕をちらりと見てかすかに笑う。

(この店にして、当たりでしょ?)

きらきら輝く瞳がそう言っている。実際、店の中はちょっとしたみものだった。

桜、桜、桜……。さして広くもないその空間は、満開の桜の花で、ほとんど隙間なく覆いつくされていた。見るとカウンターの中央に、立派な壺がどっかりと据えられている。博物館にでも展示されていそうな、やたらと時代がかった大きなやつだ。大胆にもそいつを花瓶代わりに、見事な枝振りの桜が生けてあった。その満開の花の隙間から、トーンを落とした照明がほの透けている。よく磨かれたカウンターや床やテーブルは、薄紅色の闇で包まれていた。

「いらっしゃいませ」

桜の向こうから僕らを出迎えたのは、涼しげな女性の声だった。この店はどうやらその女性一人で切り盛りしているらしい。女バーテンダーに軽くうなずいてみせ、彼女は背の高い椅子にひょいと腰かけた。

「夜桜ね」彼女はうっとり頭上を仰ぐ。「今年はもう、お花見できないかと思ってたけど、驚き」

〈おっどろき〉と、その言葉尻はスタッカートのリズムで跳ねる。

「ちょっとしたものでしょう?」

先刻の声の主が、グラスを磨きながらカウンターの中から笑いかけた。歳の頃は、二十代後半か、あるいはもう少し上かもしれない。顎《あご》のラインで切り揃えられた短めの髪と、海老茶《えびちゃ》のヘアバンドですっきり見せた広い額とが、知的な印象を与える女性である。

「この桜、どこから持ってきたんですか?」

好奇心に駆られて、僕は子供の腕ほどもある立派な枝を指さした。すると相手が何か答える前に、思いがけない方向から返事が返ってきた。

「そりゃあなた、この人がね、夜中にノコギリを抱えて、上野公園まで行ってきたんですよ」

「本当ですか?」

少々面食らって振り返ると、目の前には例の壺があった。

「本当ですとも」

と、そのつやつや光った壺が、いかにも愛想よく答えた。よく見るとその陰に、すっかり隠れるような感じでちんまりと腰かけた、小柄な初老の男がいる。正直な話、そんなところに人がいようとは夢にも思っていなかったから、その辺に置いてある置物がいきなりしゃべりだしたような、奇妙な違和感を覚えていた。その人物は柔和な顔に、どこか子供じみた可愛らしい笑顔を浮かべ、

「それくらいのことができないようじゃ、女手ひとつで店なんか、持てやしません。ねえ」

いかにも嬉しげに幾度かうなずきながら言う。

「何が〈ねえ〉なもんですか、先生。上野公園なんて今頃は、お花見の酔っぱらいで溢れていますよ。花泥棒なんて優雅なことは、とてもとても」

女バーテンダーは苦笑しながら、布巾をひらひらと振ってみせる。

「ほほう、ではそうすると、どこかの小学校の校庭からですか。そりゃあいけませんね。子供らが悲しみます」

「誰が盗《と》ってきたって言いました？　ちゃあんと買ってきたんです。近くに枝ものが得意な花屋があるんですよ」

「へえ、桜が花屋で買える花だとは思わなかったな」

僕が感心すると、

「あら、大概の物は買えるわよ……お金さえ払えばね」

そんな即物的なことを言いながら、傍らの彼女がもっともらしくうなずいた。バーテンダーはくすりと笑って僕らに尋ねた。

「お飲み物は何になさいます？」

「チェリー・ブロッサム」

熱心にメニューを睨んでいた彼女が、得意そうに注文した。なるほど、桜の花にあやかったというわけか。彼女がひょいと渡してよこしたカクテルリストには、上から下までぎっしりと、カタカナ文字が並んでいる。

「すごいね、これ全部、作れるの?」

僕の感嘆の声に、応えたのはまたしてもあの老紳士だった。

「いやいや、半分以上ははったりですよ。彼女お得意のセリフを教えてあげましょうか? 『申し訳ありません、生憎ですがそれはただいま材料を切らしておりまして……』っていうんですよ」

言い終わらないうちに、語尾が笑いに変わっている。女バーテンダーは失敬なこの言い草にもどこ吹く風で、チェリーブランデーの蓋を取り、香りを味わうような表情をしている。

「へえ、ブルー・バードなんてのもあるんだ」

リストを目で追いながら、思わず呟いた。青い鳥、か。

「それにします? ブルー・キュラソーの青が素敵よ」

「いや」僕は首を振った。「モスコ・ミュールにしとくよ」

軽くうなずくと彼女は幾種類もの酒瓶を棚から取り出し、目の前にずらりと並べ始めた。そして慎重な手つきで酒の分量を量りながら、独り言のように言う。

「『女には向かない職業』って本があったけど」

「それ読んだこと、あるわ」

陽気に傍らの彼女が相槌を打つ。女バーテンダーはにこりと微笑んだ。

「ソムリエやバーテンも、やっぱり女には向いてない仕事かもって時々思いますね」

「あらどうして?」

「お酒のボトルって、女の手には余る大きさなんですよ。元々男性の手のサイズに合わせて作られてるんですね。それにとても重たいし。注ぐときに手がふるえちゃったり、ね」

「今は全然ふるえてなかったみたいだけど」

そう指摘すると、相手は巧みにシェーカーを振りながら、実に魅力的な笑顔を見せた。

「そりゃ、慣れましたもの。現代の女はか弱いだけじゃやってられませんわ」

そんなものかね、と僕はうなずく。

「今のお仕事、お好きなんですね？」

彼女がきらきら光る瞳をバーテンダーに向けた。相手は少し眩しそうな表情をしたが、即座にうなずいた。

「ええ、それはもちろん。いろんなことを言う方がいらっしゃいますけど、私は安っぽいフェミニズムで守ってほしいとは思いませんし、女だてらにとも言ってほしくないですね」

「素敵。そういうの、好きよ」

グラスに注がれる赤い液体をじっと見つめながら、彼女が嬉しそうに微笑んだ。

やがて注文のカクテルを作り終え、女主人は新たにやってきた客の前へ移動した。僕らは無言でそれぞれのグラスを掲げ、最初の一口を口にした。

「でさ、さっきの続きなんだけど」

おもむろにそう切り出すと、相手は赤いカクテルを舌にからませながら、「何のこと？」としらばっくれてみせる。

実を言うとこの店に来る道すがら、僕は彼女から何らかのデータを引き出そうと四苦八苦したのだ。だが、ものの見事に敗退してしまった。真夏生まれの獅子座の女なんだとか、犬を一匹飼っているんだとか、時代劇と大相撲のファンなんだとか、そういったことは割合によくしゃべったのだが、

『それはそうと、君は何て名前なんだい？』

と尋ねた途端、彼女は実に底意地の悪い笑顔を浮かべ、無慈悲にも言い放ったのだ。

『ダーメ。教えてやんない』

妙な秘密主義者もあったものである。

彼女はカウンターに頬杖をつきながら、僕をちらりと見やった。その表情には何やら悪戯小僧めいた色が浮かんでいる。僕は大仰にため息をついた。

「同じ質問を何度もさせる気かい？　それとも君は、名無しのゴンベエさんってわけ？」

「当ててごらんなさいよ。三つ以内でフルネームを当てられたら、ご褒美《ほうび》があるかもしれないわよ」

はぐらかすように笑いながら、物語に出てくる悪魔みたいなことを言う。

「ずるいよなあ、僕はちゃんと自己紹介したってのにさ」

「あら、それはあなたの勝手でしょ？　だけど冬城《ふゆき》圭介《けいすけ》っていうのは、いい名前だわ」

「それはどうも」

僕は肩をすくめる。

「桜の花、か……」

同じ名のカクテルに唇を寄せながら、彼女はまた頭上を仰いだ。名前の話はこれで打ち切りよ、ということらしい。

「桜の花は、アルテミスへの捧げ物だそうだよ」

取り敢えず深追いは避けて、彼女の話題に付き合うことにした。

「あ、知ってるわ。ギリシャ神話の、自然や狩猟の神様でしょ？」

「そう。月の女神でもある」

「どうして桜が、お月さまと結びついたわけ？」

「さあ、詳しくは知らないな。だけど、桜の樹皮って、ちょっと不思議な光沢を持ってるだろ。銀色がかったような。それが月の光を連想させるせいかもしれないね」

ふうん、と相手は興味深げな顔をした。

「確かに桜には、月光の方がお似合いかもね」とうなずき、それからふいに女神のように微笑んで言った。

「それじゃ私が、桜に捧げる物語をひとつ……」

2

春は四季のうちでも、最も奇妙な手ざわりをもつシーズンだ。不安で、曖昧で、掴みどころがない。温かい蜜の雨と、なめらかなシフォンの風とを操り、草や樹や昆虫や小動物を、凍りついた眠りから優しい目覚めへと誘うのだ。

その年の春、私は確かに覚醒しようとしていた。そしてその前年の春、私に訪れたのはやはりある種の目覚めだった。その一年の間に、私に何が起きたのか？　何も特別なことではない。世間にはざらにある類の、ごく平凡な出来事だ。つまり私は一人の男性に出会い、熱烈な恋愛状態に陥り、そして十九から二十になったのだ。

陳腐極まりないたとえだが、人間の、殊《こと》に女性の十九から二十に至る年齢の移行は、自然界における春の訪れによく似ている。その推移は木の芽がふくらむ様を思わせて、一見非常に緩慢で穏やかである。そしてある日突然、マジシャンが空中から色とりどりの絹のハンカチを紡ぎ出すような、驚くべきマジックを披露してのける。不細工な固い蕾《つぼみ》を抱えた武骨な枝が、ある日突然、溢れんばかりの花を咲かせてみせる。瘦せっぽちの頼りない少女が、ある日突然、自分が紛れもなく、そしてどうしようもなく女であることに気づく。

それはまさしく、春という季節が持つ、特殊な魔法のためにほかならない。恋する娘は満開の桜と同義語だ。

だがむろん、二つの春に挟まれた年月の間には、夏があり、秋があり、そして冬があった。十九の娘はいつまでも十九のままではいられない。子供っぽい純真さ、愚かしいまでの一途《いちず》さは、薄いベールがはがれるように少しずつ影を潜めていった。ソフトフォーカスの優しい誤魔化しが、次第に疎《うと》ましくなっていった。私は物事をよく見、聞き、そして考えようとするようになっていった。それは遅すぎる自我の芽生えであったかもしれないし、自立心の遠い萌芽《ほうが》であったかもしれない。

いずれにしてもその結果、私はそれまでまったく見えなかったこと、あるいは見ようとしなかった事柄を、改めて思い知らされることになった。それは例えば、彼の年齢が十五も上である事実だとか、相手がとうの昔に結婚し、妻どころか十二になる息子までいるということだとか、そしてつまるところ、彼には妻子を手放す気などこれっぽっちもありはしないのだという類の、私にとっていささか厳しすぎる現実である。

だが真実を見つめる目を持つことと、感情をコントロールすることとはまた別問題だ。あくまでも陳腐な表現をするならば、それでも私は彼が好きだった。陽気で傲慢《ごうまん》で、子供みたいに自分勝手な彼が好きだった。仕事で同僚を出し抜いてやったと得意そうに語り、一人息子の出来が悪いとぼやく。そんな彼が、心底好きだった。

その思いに微妙な変化が訪れたのは、きっと第三の女性の存在を知ってからである。彼に彼の妻、そして私。二人でも多すぎる。それなのに、三人なのだ。そしてどの一人とも別れる気がないのだと知るに及んでは、私はただ笑うことしかできなかった。ひきつれた傷口のように、自虐的な笑いである。

要するに、すべて彼にはゲームに過ぎないのだ。その日その時を、ただ面白おかしく過ごすための。彼の周辺にいる人間は、思い通りに動かせ、必要とあればゲーム盤からいつでもぽいと弾き出せる、ちっぽけなゲームの駒なのだ。

だがそれがわかっていてなお、私にはどうすることもできなかった。彼が望まない限り、二人の間に別れはあり得ない。ポーンがキングに向かって反旗を翻したところで、滑稽なだけだ。だからあの生暖かい春は、その後もずっと続いていたかもしれないのだ。満開の花は散り時を失って、枝にいながらにして腐り始めたに違いない。

もし、あの日あの子供に出会っていなければ。

少年を初めて目にしたのは、町外れにある河原の土手っぷちだった。すぐ側に私鉄線の鉄橋が架かっている。そこは彼の家にごく近く、むろん私はそのことを強く意識しながら、ぼんやりと鉄橋を渡っていく電車の音を聞いていた。

その単調だがリズミカルな音に、ふいに異質な音が混じった。振り返ると一人の子供が、陽気にアニメの主題歌を口ずさみながら、自転車を走らせてくる。一人ぽつねんと佇《たたず》む私には目もくれず、元気よく歌いながら傍らを通り過ぎて行く。何気なくその後ろ姿を見送り、どきりとした。ピカピカ光る自転車の、後輪のカバー部分に、下手糞な文字が並んでいる。

かろうじて読み取れた二文字が、私の心を波立たせた。

少年は十メートルほど行き過ぎたところで自転車を停め、籠から取り出したグローブを右手にはめた。白いボールをひょいと空高く放り投げては、それを自分で受け止める。そんなごく単調な動作を、何がそんなに面白いのか、幾度も幾度も繰り返している。見ているとあまり上手とは言えず、ボールはしょっちゅうグローブからこぼれ落ちていた。

私は少年が独りボール遊びに夢中になっている間に、そっと彼の自転車に近づいていった。変速機つきの、いかにも高価そうな自転車だ。後輪のカバーにさっと視線を走らせる。河野《こうの》武史《たけし》、と大書してあるのがまず読めた。いかにも男の子らしい、下手糞だが奔放な文字だ。ご丁寧にも住所と電話番号とが添えてある。私は口の中で小さく笑った。偶然は時に不意討ちのようにして、ひどく意地悪なことをしてくれる。今ここに、突然彼の一人息子が現れようとは。

列車が騒々しい音を立てて、鉄橋を通過していった。

私の足許に、ころころと白いボールが転がってきた。屈み込んで拾い上げると、「すみませーん」と高い声が響いた。あの少年――河野武史が私に向かって微笑みかけている。グローブはボールを受け止める形に構えられていた。だが私は丸くて柔らかいボールを握りしめたまま、じっと少年の顔に見入っていた。可愛い子だ、と思った。赤いタータンチェックのシャツにブルージーンズという、アメリカ映画の子役みたいな出で立ちが、実に様になっている。

「お姉さんどうしたの？　ボール返してよ」

やや長めの前髪をかきあげながら、少年が怪訝そうな声を出した。私は慌ててボールを投げ返し、それからぎこちなく相手に微笑みかけた。それは悪趣味な衝動かもしれなかったが、この少年と少し話をしてみたいと思った。

「こんにちは」

恐る恐る口にした私の挨拶に、少年はきょとんとした顔をした。

「こんにちは」と答えてから、いかにも申し訳なさそうに付け加えた。「えっと……どっかで会ったっけ？」

私は曖昧に首を振った。

「ううん、今日が初めてよ。でも、君のお父さんは知ってるわ」

「パパを？」

「ええ。君の話、聞いたことあるわ。仕様のないやんちゃ坊主だってね、武史君」

相手はしばらく不思議そうに私を見ていた。やがて、合点がいったというようにうなずいた。

「そっか、お姉さん、自転車に書いてある名前を読んだんでしょ。学校で先生が言ってたよ。そういうことを言って近づいてくる人は、誘拐犯だからついていっちゃいけませんって。お姉さん、誘拐犯なの？」

「そうじゃないけど」思わず苦笑した。だが、ちょっとした気まぐれが、私に馬鹿げたことを言わせた。「でも誘拐犯になるのも悪くないかもね。どう、人質になってみる気はない？」

少年は目をまん丸に見開いたが、そこには警戒の色は微塵もなかった。彼が私を見る目は、素晴らしい悪戯を思いついた悪ガキ仲間に対する尊敬の眼差しと、完全に同じだった。

「すごいや。そんでもって、脅迫状出すんでしょ？　子供は預かった。命が惜しくば……ってやつ」

子供は興奮に瞳をきらきらさせている。私は再び苦笑し、膝を屈めた。

「面白そうだけどやめといた方がよさそうね。君がいなくなったら、浩史《ひろし》さんが心配するでしょう？」

河野浩史、というのが、少年の父親の名前だった。だがそう言うと、彼は利発そうな瞳をぱちりと見開き、それからひどくつまらなそうに言った。

「あの人が？　心配するわけないじゃん。ぜーんぜん心配したりしないよ、きっと。だってさあ……」

武史は言いかけて、ふと口をつぐんだ。そのとき私の背中越しに、太い声が飛んだ。

「おおい、河野。河野武史。おめーそんなとこで何やってんだよ」

驚いて振り向くと、そこには武史と同じ年恰好の、だがまるきり対照的な少年がいた。胸許に食べこぼしの染みをいくつも付けたトレーナーに、春だというのに毛織らしい厚ぼったいズボンをはいている。そのズボンの膝の辺りには、派手なかぎざきができていた。

「何だよ、穂村《ほむら》」武史はにやりと笑って答えた。「見りゃあわかるじゃんかよ」

少年は自分のグローブをぱんと叩いてみせた。穂村と呼ばれた少年もにっと笑い返したが、こちらはお世辞にも可愛らしいとは言えない。剝き出した歯に、矯正器具が銀色に光っているのが見えた。彼はくちゃくちゃ嚙んでいたガムをぺっと吐き出し、あちこち塗料がはげ、錆《さび》が浮き出た自転車を脇に停めた。

「バーカ。キャッチボールは一人でやるもんじゃねえよ」

乱暴にそう言うなり武史から強引にグローブを奪い取った。どうやらキャッチャー役を買って出たらしい。暗黙の諒解のうちに武史がピッチャーとなり、たちまちにわかバッテリーが出来上がった。

「ナイスボール」

キャッチャーが叫んでボールを返す。ボールは鋭い線を描いて、武史の掌に納まった。武史は大袈裟なモーションで振りかぶり、キャッチャーへと投げ返す。もはや二人の眼中に私の姿などないのは明らかだった。私はそっとその場を離れた。

「ストライク、バッターアウト!」

武史の威勢のいい叫び声が、遠く聞こえてきた。


その武史に再び会ったのは、一か月ほど後のことである。思いもかけないところが、再会の舞台となった。買い物を終えて帰宅すると、アパートのドアの前に彼がしゃがみ込んでいたのだ。少年は私を見ると嬉しそうに微笑み、そして言った。

「ねえ、ボクを誘拐してくんない?」

砂漠の真ん中で、飛行士に羊の絵を描いてくれとせがんだ星の王子様そっくりの無邪気さで、少年はもう一度繰り返した。

「ねえったら。ボクを誘拐してくんない?」

私はしばらくぽかんと武史を見下ろし、それからようやく言った。

「どうしてここがわかったのよ」

「こないだ偶然見かけてさ、尾行したんだよ」

けろりと答える少年に、私は叱る目をして言った。

「馬鹿なこと言ってないで、家に帰りなさい」

「やだ、帰んない、あんな家」

少年は不機嫌に頬をふくらませた。大方親と喧嘩をしたか、叱られたかしたのだろう。武史は甘えるような口調で言った。

「ねえ泉《いずみ》さん」表礼を見たのだろう、少年はそう呼びかけてきた。「泉さんもお父さんを知ってるんならさ、あいつがどんなにひどい奴か知ってるでしょ？」

「お父さんのことを、あいつとか奴とか言うものじゃないわ」

そうたしなめる私の声は、我ながら空々しかった。

「泉さんが嫌ならもう言わないよ」一応はしおらしくうなずいたものの、少年はすぐに反抗的な目つきになり、「だけどさ、子供にそんなふうに言われるってのは、その大人の方にも悪いとこがあるからだと思わない？」

子供の生真面目な口調には、何かしら、はっとさせられるような響きがあった。河野浩史が少年にとって、必ずしもいい父親ではないらしいことは、おぼろげながらわかっていた。彼が妻にとって、決していい夫ではあり得ないように。

その原因の一部が私にあることは、否定しようのない事実である。だが残る大部分は、間違いなく彼自身が招いた結果だ。あの残酷なまでの無邪気さ、徹底したエゴイズム。傲慢そのものでいながら、人を惹きつけずにはおかない微笑。いつだって、他人の好意は彼にとってはごく安い買い物なのだ。人好きのする笑顔と、気のきいた二、三のセリフ。支払うのはただそれだけだ。

「――ねえ泉さん。お父さんのこと、好き？」

少年は心持ち首を傾げ、幾度か瞬きをしながら尋ねた。彼の瞳は、ひどく私をまごつかせた。この子は一体何をどれだけ知っているというのだろう？　すべてを理解しているようにも見えるし、何ひとつわかっていない無邪気な子供のようでもある。どちらにしても、この子に嘘はつけないと思った。

「ええ、好きよ。大好き」まず私は答え、しばらく迷った末、そっと付け加えた。「でも、同じくらい嫌い」

そう口にした瞬間、私は初めて自分の相反する感情に気づき、ややうろたえた。だが武史はその答を予期していたらしい。彼は大きな目を見開き、真剣な口調で言った。

「おんなじだよ、ボクも」

それを聞いて、ふと思った。この子がこれほど真剣になっているのは、父親にとって自分がゲームの駒ほどの重みしか持たないことを感じ取っているからではないだろうか。少年もまた私と同様、ゲーム盤の上のちっぽけな駒なのだ。だが彼は私と違い、キングに向かって反旗を翻そうとしている。自らゲーム盤の外へ飛び出そうとしている……。

その考えは、不思議な爽快感をもって私の胸をくすぐった。

「ねえ、うんと困らせて、心配させてさ……面白いと思わない？」

武史のそんな小悪魔めいたささやきが、そのとき私の耳に無性に心地良く響いた。

ノックされたドアを、開けようか開けまいか迷っている間に、いつのまにかするりと部屋の中に入り込んでいた――少年の現れ方は、いかにもそんなふうだった。比喩的な意味合いにおいても、また、現実問題としても。おそらくはあの河原で出会った瞬間から、私はすでに彼のペースに巻き込まれていたのだろう。とどのつまり、武史を部屋に上げたことは、彼の計画の共犯者になると同意したも同じだった。

少年はまず自作の脅迫状を引っ張り出し、得意そうに披露してくれた。封筒の宛名は彼の父親になっている。いかにも子供らしい、下手糞な字だ。犯人がいたいけな人質に強制して無理矢理書かせた、という設定なのだろう。特徴がある右下がりの文字の羅列を目で追いながら、何て子供だろうと思った。この子は本気で自分の親に対して狂言誘拐を企てようというのである。

身代金の要求額は百万円になっていた。それを見たときには、微笑ましいような気すらした。子供には確かに大金だろう。大人にだって大した額には違いないが、しかしそれでも命の値段としてはいかにも安い。だがそう言うと、武史は即座に首を横に振った。

「違うよ、泉さん。これは命の値段じゃ、ないんだよ」

確かに人の命に値段など、つけられようはずもない。

「でも浩史さんがそう簡単に騙されて、お金を払うかしら」

「それは大丈夫じゃない？　前にも何回か誘拐されかけたこと、あったから。うんとちっちゃい頃だけどね」

けろりと言う。少年の父親は資産家の部類に属する人種だから、確かに狙われる機会も普通よりは多いのかもしれない。

「でもそれなら警察に通報されちゃうかもしれないわ。子供の悪戯じゃ、すまないかもしれないのよ」

「それも大丈夫じゃない？　あの人、お巡りさん嫌いだから」

それは事実だった。『税金で養われているくせに、偉そうにしやがって』などというセリフを、幾度か聞いたことがある。威張るのは大好きでも、人に威張られるのは我慢できないのだ。そのあたりの感覚は、ほとんどガキ大将と同じだと言っていい。

「でも子供が誘拐されちゃったら、好きだとか嫌いだとかは言ってられないでしょう」

少年はふいに大人びた表情を浮かべ、ひょいと肩をすくめた。

「『でも』はなしだよ、泉さん。負けたときのことなんか考えてちゃ、ゲームはできないもん」

私は呆気に取られて武史を見つめた。本当に何て子だろう？　呆《あき》れるのを通り過ぎて、何だか可笑《おか》しくなってしまった。

「君を見てると、リンクスを思い出すわ」

「何、それ」

「子供の頃に飼ってた猫よ。血統書付きの毛並みのいい子でね、すごく可愛らしかったわ。見かけはおとなしそうなんだけど、とんでもない悪戯っ子で怖いもの知らずでね、近所のドーベルマンをからかうのが趣味だったわ」

「ぼくんちで飼ってるサスケは猫になんか馬鹿にされないよ。まだちっちゃい子犬だけどね」

少年は得意そうに小鼻をふくらませる。

「ずいぶん渋い名前をつけたものね」

「ぼくの名前から一字取ったんだ」一瞬言葉を切ってから、彼は付け加えた。「サスケのケは、タケシのケってね」

思わずふふふ、と笑ってしまった。武史もつられたように、あははと笑った。ひとしきり笑ってから、私は武史に尋ねた。

「――それで、いつやるの？」

「明日」

勢い込んでそう答えた少年の顔を覗き込み、

「知ってる？　明日っていうのは、永遠にやってこない日のことをいうのよ」

からかうようにそう言うと、相手は目をぱちくりさせたが、即座にこう答えた。

「向こうから来ないんじゃ、こっちから行かなきゃね」

今度は私が瞬きをする番だった。

翌朝、小鳥のさえずりみたいな子供のおしゃべりで目が覚めた。

——泉さん、お早う、朝だよ、いい天気だよ。

不思議とリズミカルなその言葉の連なりを耳にしながら、誰かに呼びかけられるっていうのは、どうしてこんなに心地が良いのかしらと考えた。誰かに言葉をかけられるということ。自分の名を呼んでもらうということ。ただそれだけのことが、どうしてこんなに気持ちが良いのかしら、と。

たぶんそれは、と私は頭をもたげながら思った。春の朝のまどろみが、とろけそうに心地良い理由と同じに違いない。優しい言葉、無邪気なおしゃべりは、春の暖かな日差しそのものだ。

「ワア、すごいね、泉さん」

窓を開けるなり、小さなお客さんは感嘆の声を上げた。アパートの二階にあるその部屋からは、満開の桜を間近に眺めることができた。

「ねえ、あれは何、泉さん」

そう言って武史が指さす先には、青々と葉を繁らせた一本の樹木があった。葉陰に丸い金色の実をたくさんつけている。

「ああ、あれは夏蜜柑よ」

「夏蜜柑って、夏に生《な》るんじゃないの?」

「実るのは秋よ。そのまま枝につけておくでしょ、そうして次の年の夏にやっと食べられるようになるの」

ふうん、まだ食べられないのか、と子供は残念そうだったが、やがて考え深げな表情で言った。

「桜と夏蜜柑なんて、何だか全然似合わない組み合わせだね」

胸のどこかがちくりと痛んだ。確かに桜と夏蜜柑は奇妙な取り合わせだ。夏蜜柑にはギラギラと照りつける真夏の太陽が似合いだし、桜にはやはり、優しい春の日差しが相応しい。あるいは、おぼろな夜に銀色にけむる月の光が。

「行ってらっしゃい、泉さん。向こうについたら電話してね。待ってるから」

いよいよ出かけるというとき、武史はそんなことを言って、陽気に手を振った。午後二時を少し回っている。脅迫状は早朝、すでに送り届けてあった。

行ってきます、と武史に応え、駅に向かった。ちょうど入線してきた急行に乗り込み、ほっとため息をついた。

春の風景が、ゆっくりと窓の外を滑り始めた。ずいぶんと桜が目につく。この沿線にはこれほど多かったのかと改めて思った。途中で各駅停車に乗り換え、私は桜台《さくらだい》のホームに降り立った。古い駅舎が線路を跨《また》ぐような恰好で建っている。電車が発車するとき、駅舎全体がガタガタと揺れた。

桜台は、どちらかといえばローカルな駅だった。急行や準急は停車しない。ホームに立つ人影はまばらだった。駅名に因《ちな》んで植えられたらしい数本の桜の木が、鈍い光を放つ線路のレールや赤錆色の砂利石の上に、花びらの白い優雅な雨を降らせていた。

この誘拐事件の唯一の被害者にあたる河野浩史は、自分が身代金をどこへ運んでいったらいいのかを知らない。奇妙に聞こえるかもしれないが、本当だ。始発駅から、指定した時刻の各駅停車の最後尾に乗ること。脅迫状で指示されていたのは、それだけだ。三十七ある駅のどこかに、目印の赤い布が巻き付けられる。それはベンチの背もたれかもしれないし、ペンキがはげちょろけた柵かもしれないが、とにかくその布の近くに封筒を置き、そのまま乗ってきた電車で立ち去ること。従わなければ犯人は決して現れないし、子供も二度と戻らないだろう。ざっとそうした段取りだった。

稚拙な計画だ、と思う。だがひょっとしたらうまくいくかもしれない。いや、うまくいけばいい、と思った。

ホームでささやかな支度を終えてから、私は駅舎に入った。子供や学生の他愛ない落書きが書きなぐられた伝言板の脇に、電話があった。

——泉さん、電話してね。

少年がそう言っていたのを思い出し、自宅の番号をダイヤルした。数度のコールで受話器が外れる音がしたが、応答はない。息を殺す気配がする。用心深い子だ。私はくすりと笑った。

「大丈夫、私よ」

「——良かった。他の人だったら、どうしようかと思っちゃった」嬉しそうな武史の声が応じる。「ね、もう終わったの?」

「まだよ。まだあと三分あるわ」

「二分だよ」

武史が訂正する。「あ、あと一分四十五秒」

少年の緊張した口調が、むしろ可笑しかった。

「ね、お土産何がいい？」

陽気にそう尋ねると、少し沈黙があった。それから少年はぽつりと答えた。

「いいよ、そんな。ねえ、泉さん……」

「あと何分？」

「一分五秒。ねえ泉さん。今から止めてもいいんだよ。全部ボクの悪戯だったって、本当のことを言えばいいだけなんだから」

「ほんとにきみは、ひどい悪戯っ子だわ。……あと何分？」

「……四十五秒くらい」

「そろそろね」

「うん、そろそろだ」

「じゃ、もう切るわ」

言い置いて、受話器をフックに戻した。

ホームに降りる階段を降り切ったとき、遠く電車の警笛が聞こえてきた。なだらかにカーヴした土手を、のろのろと回ってくる電車が見える。その最後尾目指して、私はゆっくりと歩き始めた。

電車が停まり、ドアが開いた。乗降客は数えるほどしかいなかった。ホームの先の方で、ひらりと飛び出し、再び同じ電車に乗り込む人影を見たように思った。やがて列車は動き始めた。私は立ち止まり、目の前を通過してゆく電車を見送った。一番最後のドアの窓の向こうに、見慣れた彼の顔を捜したが、ガラスに光が反射するのと電車のスピードが増したのとで、良くわからなかった。彼の唖然とした顔を見てみたいとも思ったが、結局はどうでもいいことだ。

私は赤い布がひらひら躍るベンチにたどり着き、そこに投げ出すように置いてある茶封筒を取り上げた。思わず深いため息が漏れた。終わったのだ、一切が。

ふと誰かの視線を感じ、私は身を硬くした。顔を上げると、駅舎の煤《すす》けた窓ガラスから小さな頭が引っ込むのが見えた。武史だろうか？　だが少年は、私のアパートにいるはずだ。

私は急ぎ足に階段を上った。改札の周りには、それらしい子供の姿はなかった。代わりに私は伝言板に、自分の名前を見つけることができた。

『泉さん。計画は失敗しちゃったけど、ぼくはもう家に帰ります。他に帰るところもないから。ごめんね。さようなら。武史』

あの子供っぽい、右下がりの下手糞な文字が、薄汚れた小さな伝言板の真ん中に躍っているのだ。

「失敗？」

そう呟いてから、茶封筒の中身を改める気になった。最初の一枚を引っ張り出してみて、なるほどな、と思った。

「ほんと私たち、どうやらゲームに負けたみたいね」

その一枚は――残りの九十九枚も――すべてただの白い紙だった。

喉が奇妙な音を立てて、ふるえた。無性に可笑しかった。そこに現れるはずのない少年が現れたこと。彼がこの先、生きて行かねばならない〈家〉のこと。そして私自身はこれからどうするのか、ということ。様々な事柄が心をかすめていったが、今はただ、無心に笑っていたかった。

――考えるのは今じゃなくていい。

強い風がどこからか吹き込んでくる。見ると、傍らの窓が、半分ほども開いていた。真下に線路が見える。私は窓から封筒を持った手を突き出し、くるりと引っ繰り返した。

桜の花びらが大量に舞い散るなか、空中に四散した白い紙は、しばらく音もなく辺りを飛び交っていた。

3

「……桜にまつわる物語はこれでお終い。どう？」

オリーブのピンをもてあそびながら、彼女はそう締めくくった。彼女のマティーニは、すでにそれが二杯目だ。ちらりと僕を見た相手の顔には、悪戯っぽい微笑みが浮かんでいる。

「それって、間違いなく君が経験したことなわけかい？」

僕はわざと何でもないというふうに尋ねてみた。ええそうよ、と相手はうなずき、僕はふうんと相槌を打つ。

「話を少し戻しても構わないかな」

「どこら辺まで？」

「君の名前の話」

ああ、と彼女は笑う。

「せめてヒントをくれないかい？」

「どんなヒントがいい？」

「そうだね、読みの合計が、何文字になるか、とかさ」

相手はおどけた仕種で、白い掌を僕の目の前に突き出した。五文字、ということらしい。僕は相手に笑いかけて言った。

「確か三つ以内に当てるとご褒美があるんだったよね」

にわかに上機嫌になった僕を見て、相手は胡乱《うろん》そうな表情をしたが、構わず続けた。

「まず第一候補が、ホムラ・サエ。次が……」

「おっどろき」相手は目を丸くした。「大当たりよ」

どうやら初球を真芯で捉えたらしい。こっちも驚きだ。「どんな字？」と尋ねると、彼女は思いのほか従順に、カウンターの上に指でなぞってみせた。穂村紗英。なかなかきれいな名だ。

響きがいい。

「ねえ、どうしてわかっちゃったわけ？」

しきりに不思議がる彼女に、僕は「ただの当てずっぽだよ」とはぐらかしてやった。名前を教えてくれなかったお返しのつもりである。この子供じみた復讐に、彼女は頬をふくらませた。

「意地悪ね。私が泉さんじゃないってことに、どうして気づいたのかも、やっぱり教えてくれないつもり？」

「ああ、それは本当に当てずっぽう」いっそうふてくされる相手の顔を見やりながら、少し補足する気になった。「強《し》いて言えば、話の中の泉さんと、僕が見た限りの君のキャラクターとの違和感からスタートしたんだけどね。だけどいくら考えてもわからないこともあるな」

「電車で三十分かかる距離を、武史が一瞬で移動できた理由とか？」

彼女は嬉しげにそう言ったが、僕はあっさりと首を振った。

「いや、そうじゃない。僕がわからないのは、君が十年ばかり前に、本物の武史の代わりに誘拐されに行った理由だよ。人質の代役なんて、聞いたこともない」

相手は再びぽかんと目を丸くした。そんな表情をすると、やけに幼く、そしてやけに可愛らしく見える。やんちゃな少年みたいな、十二歳の女の子。その面影が、彼女の表情からかすかに読み取れた。

「要するに」ひどくつまらなそうに彼女は言った。「全部わかっちゃったってことね？」

「当てずっぽうさ。泉さんが君じゃないなら、君はどこかにいなきゃならないって程度のね。

でもまるっきり根拠がないわけでもないよ。いくつかはっきりしてる事実があった。本物の武史は左利きだけど、偽者はそうじゃない、とかさ」

「確かに私は右利きよ。だけどどうして？」

「グローブさ。最初の子供はグローブを右手にはめてた。一人でボールを投げちゃあ受け止めてたけど、ずいぶん下手糞だったってことだよね。ところが二番目の子供が同じグローブをはめてキャッチボールをしたときは、にわかバッテリーは結構さまになっていた。つまり左利き用のそのグローブは、二番目の子供の持ち物だった。自転車と同じようにね」

彼女はぺろりと赤い舌を出した。

「あのときたまたま、武史のを借りてたのよ。その頃私が持ってたのは、従兄《いとこ》にもらった古い自転車だったから」

「君が武史と間違えられているのを見て、後から来た本物の武史が入れ替わりを思いついたんだね。君に向かって自分の名をわざわざフルネームで呼びかけ、察しも付き合いもいい君は、自分の姓を呼び返すことで、友達に応えたってわけだ。『何だよ、穂村』って感じでね」

「名前の方はどうしてわかったの？」

彼女は愛らしく首を傾げた。

「それはさっきもらったヒントのお蔭だよ。総数が五文字ってことだったよね。君の姓が穂村だとしたら、残るは二文字だ。ところで君は犬を飼ってるそうだけど、ニセ武史も犬を飼っていた。名前はサスケ。サスケのケはタケシのケから取ったってことだけど、どう考えても、そんな馬鹿な名前のつけ方ってあるものじゃない。ついうっかり口を滑らせかけて、慌てて誤魔化したのさ。サスケのサは、サで始まる女の子の名前から取ったってことをね。頭にサがついて二文字っていうと、いくつか考えられるよね。サキとかサヨとか。たまたまその中でトップにあったのが、サエって名だったってこと」

「なあんだ。ホントに当てずっぽうじゃない」

笑いながら彼女が言う。山猫嬢は結構手厳しい。

「まあね」と僕は肩をすくめた。「ところで君と武史は、手に入れた金をどうしたのさ?」

「何のこと?」

そう聞き返した紗英の顔は、もう笑ってはいなかった。

「直前まで泉さんのアパートにいた君には、桜台の駅に姿を現すことはできない。だけど武史は別だ。彼なら、桜台よりうんと手前の駅に赤い布を巻き付けて、身代金を予定時刻よりずっと早くに手に入れることもできたし、その後急行に乗り換えて、泉さんを先回りすることもできたはずだ」

「何のために先回りするのよ」

「もちろん、白紙が入った封筒を桜台のホームに置くためさ。当然、脅迫状と伝言板は本物の武史が書いたんだろうね。結果的に、泉さんはダシに使われたってわけだ。違うかい?」

「ダシになんて、使う気はなかったわ」憤然と紗英は叫び、それから気づいて顔を赤くした。

「ほんと、あなたって変な人ね。でも信じてほしいんだけど、お金が目的ってわけじゃ、なかったのよ。そんなもの、二義的な問題でしかなかったわ」

「そう、金じゃなかった。武史の狂言誘拐計画の本当の目的は、父親と泉さんとを別れさせることだった。君の話からすると、本物の武史の身なりはひどいものだった。高価な自転車やグローブを持っていながらね。武史の父親は浮気に忙しかったし、たぶん母親の方は、そんな夫の振る舞いに心を痛めるばかりで、息子を構うゆとりがなかったんじゃないかな。母親のためなのか、それとも自分のためかはわからないけど、とにかく武史は河原で泉さんと出会ったとき、彼女が父親の愛人であることを見抜いて、二人を別れさせる計画を練り始めたんだ。それも泉さんの方から離れていくに違いないような、巧妙な方法でね」

「……あなたはたった十二歳の男の子が、本当にそんなことを考えて、実行したって思うわけ?」

黙ったままじっと僕の言葉に耳を傾けていた紗英が、静かに口を挟んだ。僕は軽く肩をすくめ、

「じゃ聞くけど君はなぜ、人の好い泉さんが『お土産何がいい?』なんて電話で尋ねたときに絶句した? 計画を中断しようとまで考えた? 武史が伝言板で彼女に謝ったのは、どうしてだい?」

「偽善的な言い方かもしれないけど、あんな人とは別れた方が泉さんのためだったのよ」

「僕には肯定も否定もできないね。話の中で、あれだけ泉さんの感情を再現してみせた君には、また別なのかもしれないけど」

言ってしまってから、しまったと思った。皮肉と冷笑は、近頃身につきつつある悪い癖だ。だが相手は明るく微笑んだ。

「わかってないのね。結果が良ければすべて良しっていうでしょ？」

「結果ってのは、首尾よく金を手に入れたってことかい？」

「ううん、手に入らなかったわ。武史の計画では、そのお金を使ってもう一人の女性とも別れさせる予定だったんだけどね」紗英は少し言葉を切り、それからぽつりと呟くように言った。

「信じられる？　武史のお父さんが置いていったのは、本当に白紙だったのよ」

絶句する僕を見て、紗英は小さく笑った。

「要するにそういう人間だったのよ、あの人は。でもね、武史はそれでも父親が好きだったの」

「理解しがたいよ、僕には」

「世界中でたった一人の誰かに振り向いてもらいたいばっかりに、狂ったみたいに花を咲かせる木だって、あるってことよ」

「僕にわからないのは」少し突き放すように、僕は言った。「そもそもどうして武史は君を巻き込んだのさ。君は結局奴の代わりに外泊したわけだろう？　その間、奴はどうしてたのさ」

「うちの両親はたまたま法事でいなかったのよ。て言うか、もちろんその日を狙ったわけだけど。武史はうちで私の代わりに妹たちの世話をしてたわ」

「だけど二人が入れ替わる必然性なんて、まるでないじゃないか」

「ほんと、わかってない」彼女はため息をつくように言った。「武史はよく言ってたわ。自分は温室に生えた雑草だって。彼は自分が大人に、特に女の人に好感を持たれる容姿や性格をしてないってこと、よく承知してたのよ。正確に、客観的にね。一体誰が好き好んで、アザミやドクダミを摘んでいくかしら？　彼は知っていたのよ。人間を思い通りに動かそうとするんなら、人が抱いている幻想をそのまま形にしてやることだってね。白雪姫は雪のように白い肌をしてなきゃならない。シンデレラは奇蹟みたいに小さい足をしてなきゃならない。物語が始まるためには、ある種の幻想が必要だわ」

「なんとまあ……」

僕は呆れ果て、開いた口がふさがらなかった。たった十二の少年がそこまで考え、行動したって？　一人でシナリオを書き、キャスティングをし、背後から演出してのけたって？

「会ってみたい気がするな、河野武史って奴に」

いささかのやっかみを添えて僕が呟くと、紗英は面白そうに僕を見た。

「学生時代に会ったのが最後かしら。泉さんに会ったって言ってたわ。元気そうだったって。もちろん、向こうはまるっきり覚えていなかったでしょうけど」

そりゃそうだろう。十年も昔、ちらりと会っただけの少年を、どうして覚えていられるだろう？　もちろん、紗英が演じた武史少年のことは、きっと今も鮮明に記憶しているに違いないが。ただし、それはあくまでも悪戯好きの可愛らしい少年であって、赤いワンピースの似合う現在の紗英じゃない。

「ひとつ、聞いていいかい?」僕は相手の顔を覗き込んだ。「君はどうして、武史のそんな突拍子もない計画に付き合ってやったりしたんだい?」

彼女は軽く肩をすくめた。

「あの頃、私にはたくさん友達がいたわ。武史も含めてね。けど、武史の友達は私一人だった。理由はそれだけよ」

「その後、武史の家はどうなった?」

「あの後ごたごたがあってご両親が離婚して、お父さんは例の残った方の愛人と結婚して、すぐまた離婚して……だけどそんなことは彼とはまるで関係ないわ」

そう言い放つ彼女を、僕は眩しい思いで見つめた。その僕の肩を、背後からぽんと叩いた人がいた。

「まあしっかり頑張りなさいよ。なかなか得がたいお嬢さんだから」

僕の耳にそうささやいて、ぱちりとウィンクしたのはあの老紳士だった。きれいさっぱりその存在を忘れていたのだが、例の壺の陰でちゃっかり話を聞いていたものらしい。僕が唖然として見送るなか、彼はしゃんとした足取りで店を出ていった。その背中へ見送りの言葉をかけつつ、女バーテンダーが僕らの前にコトリと新たなグラスを並べた。鮮やかなオレンジ色の液体が満たされ、底の方から涼やかな泡が立ちのぼっている。

「これは……?」

注文した覚えのない、新たなカクテルを指さした。相手はにこりと笑い、

「今お帰りになった先生から、お二人に差し入れですって。ミモザっていうんですよ、これ。シャンパンにフレッシュオレンジジュースをそっと注ぐんです。私もお相伴《しょうばん》に与《あずか》っているの」

ほら、と彼女は僕らのと同じ、フルート形のグラスを持ち上げて見せた。

「先生から伝言なんですけど、〈お二人の出会いと、泉さんとの再会を祝して〉ですって。あの方も、時々奇妙なことをおっしゃるんですよね」

「泉さんだって？」

僕が驚いて相手を見上げると、彼女は不思議そうな顔をした。

「ええ、私の名前ですけど、それが何か……？」

僕は傍らの紗英に視線を移した。彼女は澄まして、ミモザ色のカクテルに見とれるふりなんかしている。その横顔を見て、ようやく思い当たった。むろん、彼女はちゃんと知っていたのだ。過去の事件を物語るのに、なぜ彼女はことさらに泉さんの視点を用いたのか？　そもそもこの店に入ろうと提案したのはどうしてか？

――結果が良ければすべて良しっていうでしょ？

紗英は笑ってそう言ったのだった。彼女の自信は、目の前の明快な事実に裏打ちされていたのだ。彼女の視線の先には、自分なりの生き方を見つけているらしい、現在の泉さんがいる。

『女はか弱いだけじゃやってられませんわ』

さらりとそう言ってのける、知的でしたたかで、自信に満ちた女性が。その変貌は、紗英にとって心地良いものであったに違いない。

まったくこの十年という歳月が、二人の女性をモチーフに演じてみせた、驚くべきマジックときたらどうだろう?

僕はそっと頭上の花を仰いだ。桜のシーズンはそろそろ終わる。だが二人の女性は、今後も美しく咲き続けるだろう。彼女たち自身が、そうあろうと望む限りは。

「どうなさったの、お二人とも、急に無口になっちゃって」

泉さんが朗らかに声をかけてきた。それと同時に僕らの頭上で軽く桜の枝を揺すったらしい。花びらが雪のように僕らの上に降ってきた。その一枚が、紗英のグラスの中にひらりと舞い落ちた。彼女はそれを見つめ、ふいにこの上なく優しい笑みを浮かべた。そして、そのまま静かにグラスを傾けた。花びらの淡いピンクが透けそうな、その白いなめらかな喉を見ながら、紗英の言う〈ご褒美〉についてちょっと考えてみたりした。

——おぼろ桜の春の宵、側にいるのは真っ赤な天使。

そんな言葉が心のなかで、リズムを持って踊りだす。

僕らの夜は、まだ長い。柔らかく、そしてゆっくりと、桜月夜は時間の中に溶けてゆく。

三

自転車泥棒

Zitenshadorobou

1

えてして女が正体を現すのは早い。殊に穂村紗英の場合、その素早さはいっそあっぱれなくらいだった。何しろ彼女ときたら、第一回目のデートから、実に堂々たる遅刻魔ぶりを発揮してくれたのである。

僕の個人的見解としては、待っているのも女ならば、そこには必ずなにがしかの風情らしきものがある。入り交じる不安と期待、そして苛立ち。そうした複雑な感情を、うっすらと体の周辺にたゆたわせている女性には、時折はっとさせられる。まるで炭酸ガスの濃い大気に覆われていながら、あくまで美しい金星だ。だがむろん、その厚い雲の下には、灼熱の大地を隠し持っている……。

まったく、彼女のイライラがだんだんと怒りに傾斜していく様なんてのは、はらはらするほどの緊張を孕《はら》んだみものである——少なくとも、無責任きわまる第三者にとってみればの話だが。

だが待たされている男なんて代物は、絵にならないのみならず、この上なく間が抜けていると言わざるを得ない。

結局その日僕は、待ち合わせの喫茶店で、延々三十分以上も待ち続ける羽目になった。正直言って、その終わりの方の十分間は、あまり愉快に過ごすというわけにはいかなかった。少なくとも、初めの方の十分間ほどには。

三十分がたとえ三十日だって、俺は待てるぞと言い切るご同輩も、あるいはどこかにいるのかもしれない。だとしたらその人は幸福だ。彼女が必ずやってくるという確信を、とにかく持ち続けていられるわけなのだから。だが実際のところそのときの僕ときたら、数日前に出会ったばかりの魅力的な女性の実在性についてすら、密《ひそ》やかな疑心を抱き始めていたのである。

僕は次第に、これはすっぽかされたかなと考え始め、そのことにひどく落胆している自分に気づいたときには正直言って驚いた。そして喫茶店の窓越しに、遠く彼女の姿を見いだしたときにも。

彼女は背中まである長い髪をなびかせ、通りを懸命に駆けてきた。周囲の人間が驚いて、わざわざ振り返って見送っている。そりゃそうだろう。普通、二十過ぎの若い女性は、街中で全力疾走したりはしない。なのにそのときの紗英ときたら、まるで短距離走者のような勢いで、飛ぶように走ってきたのである。

僕はそれまで自分のことを、ごく冷静沈着な人間だと考えていた。他人からも、お前はクールな奴だよと、時折言われていた。だが、彼女の姿を視界に捉えた瞬間、(いまいましいことに)僕は自分がすっかり感動していることに、気づかないわけにはいかなかったのである。

だがそれを、そのまま無邪気に表すほどには僕も素直じゃなかった。

〈遅かったね〉あるいは、〈もう来ないかと思ったよ〉くらいの、あまりストレートではない厭味《いやみ》は言っても良かろうと口を開きかけたとき、紗英は乱れた呼吸を整えながら、それでもにこりと笑ってみせた。

「待っててくれて、ありがとう。怒って帰っちゃってたら、どうしようかと思った」

喉元まで出かかっていた文句を、むにゃむにゃと呑み込んでしまったことは言うまでもない。

ともあれ紗英がたいへんな遅刻魔であることは、どうやら動かしようもない事実である。彼女との待ち合わせはそのまま、不毛なる三十分ないし、四十分の経過を意味していた。よくもこれで正常な社会生活が営めるものだと、不思議に思ったものである。見たところ会社の業務も特に支障なくこなし、友人たちも彼女の許を去る気配がない。紗英の周辺は（僕を始めとして）よほど忍耐心に満ち溢れた人間ばかりで構成されているとでも考えなければ、説明がつかないではないか？

だがそんな説明など、不要であったことが間もなくわかった。彼女が大幅に遅刻するのは、僕との待ち合わせのときだけだったのだ。それを知ったときの、「ひょっとして、意図的にそうしているのか？」という僕の質問を、紗英は言下に否定した。

「なに言ってるのよ」憤然と彼女は言う。「わざとだったら、あんなに一生懸命走るもんですか。いっつも、やむにやまれない事情があって、遅れているんじゃないの」

「実際不思議だよねえ。僕と待ち合わせのときに限って、やむにやまれない事情に出くわすんだからさ」

これくらいの皮肉に動じる紗英ではない。彼女は大きくうなずき、

「星の巡り合わせとしか、思えないわね」

と言った。

だが、さすがの紗英もやがて、きちんとした説明をして、身のあかしを立てる必要を感じだしたものらしい。折にふれて、〈やむにやまれ〉なかったという諸事情について、順番に語り始めた。

「ううんと、確かあのときはね」紗英は記憶を探るようにこめかみに手を当てた。「そうだ、階段からオールドオヤジが転げ落ちてきたんだったわ」

「何が転げ落ちてきたって？」

いかにも現代っ子流の、いささか乱暴な口の利きようを、僕が咎めたと思ったらしい。紗英は小さく舌を出し、どっかのお歳を召したオジサマがね、と言い直してから続けた。

「駅へ行く途中に歩道橋があるんだけど、その真ん中辺りから誰かが落ちたのが見えたのよ。きっと足を滑らせたんでしょうね。ごろごろごろって、結構派手な落ち方してたわよ。あれ、だいぶ強く頭打ったんじゃないかしら。辺りに通行人はいないし、見なかったふりして、さっさと走り去るなんてさ、私の義侠心が許さなかったわけよ」

「義侠心ねえ」

まるで黴臭《かびくさ》い餅みたいな言葉だ。紗英は陽気にうなずいて言う。

「お年寄りはいたわらなきゃね。それで様子を見に急いで引き返したの。幸いすぐに気づいてくれて。でも頭を打ってたみたいだし、取り敢えず救急車を呼んでね、見送ってきたってわけ。

でね、そのおじいさんがすごい感激して言うのよ。『ぜひお名前を』なんてね」きゃは、などと女子高生みたいな笑い声を立て、紗英はくるりと悪戯っぽく瞳を輝かせた。「ね、私、何て答えたかわかる?」

僕は軽く肩をすくめた。

「そんなの簡単じゃないか。『教えてやんない』に決まってるよ」

まさに同じセリフを、かつて紗英には言われたことがあるのだ。だが彼女は呆れたように眼を細めて言った。

「やだもう。どこの誰が、初対面の人にそんなこと言うってわけ?」

しゃあしゃあと、常識で考えてよね、などと付け加える。どうも紗英の常識は、世間一般の常識とは若干ずれているらしい。

「そういうシチュエーションではね、『名乗るほどの者じゃありません』つって立ち去るのが、恰好いいんじゃん」

時代劇だか西部劇だかの一シーンが、そのときの紗英の念頭にあったことは間違いないだろう。

「……遅刻が三十分で済んだのが、奇蹟だね」

そう僕は呟いた。皮肉ではなく、心底から。

この一件をいい例として、ことほどさように紗英の日常は小さな事件に満ち溢れている。これはもう、一種の才能と呼んでもいいほどだ。彼女が今まで僕以外の人間との待ち合わせに、さほど遅れなかったことの方が、むしろ不思議なのかもしれない。
だが何にせよ、僕に割り振られる役柄は、常に〈待ちくたびれた男A〉となるわけだ。〈とんでもないことに巻き込まれた男その一〉というケースも、たまにある。どちらにしても、あまり恰好がいいとは思えない。彼女と初めて会ったのは今年の春のことだったが、今や夏も真っ盛りだ。二つの季節の移行の間に、僕は気を長く持つ術を心得た。そして退屈という言葉とは、近頃とみに無縁となった。

2

かくしてすっかり待つことが得意になった僕は、待ち合わせの喫茶店でぼんやりと時を過ごしていた。クーラーの効いた店内から眺める表通りは、まるで水族館の水槽だ。一時間ばかり前から、夏の雨が降っている。細い透明なチューブが、暑さにふやけた空気の間を、後から後から伝い落ちてくる。様々な模様の、様々な色彩の雨傘が、まるで波間に漂うクラゲのように、ゆらゆらと人込みを滑って行く。花柄、水玉、タータンチェック。昔見た映画のワンシーンを思い出す。雨天にも拘らず、道行く人の足取りは何とはなしに楽しげで、そういえば世間は夏休みだったなあと考える。男物の無骨な黒いこうもり傘ですら、何やら奇妙なオブジェのように新鮮だ。

僕は物思いの水底から、ゆっくりと顔をもたげた。

紗英だ。とっさにそう思ったのは、その傘の鮮やかな色彩のせいだった。深紅色、というのだろうか。その真っ赤な傘は、百メートル先からでも人目を惹いた。紗英には多分に目立ちたがり屋的なところがあり、赤というのは彼女が好んで身につける色のひとつだった。

だが傘の主が紗英ではないことは、すぐに知れた。紗英は間違っても自慢の黒髪を、ふたつに分けた三つ編みになんぞしないだろうし、白いセーラーと紺のひだスカートなんてものを今さら着るとも思えない。

どうやら近くの女子高生らしい——そう考えた直後には、彼女とその傘もまた、波間の夥しいクラゲのなかに、ゆっくりと埋没してしまうはずだった。もし、その女の子が、何とも奇妙なことをしなければ。

少女が足を止めたのは、僕が一人でぼんやりとアイスコーヒーを飲んでいる、喫茶店の正面だった。彼女は自分の真っ赤な傘を素早く畳み、入口に置かれた傘立てに差し込んだ。一人でこの店に入ってくるつもりだろうか？　そう思って見ていたら、予想は見事に外れた。彼女の行動は唐突で、いかにも不可解だった。同じ傘立てに入っていた、ダークグリーンの傘——僕のだ——の柄をつかむと、さっと抜き出して勢いよく開いた。そしてそのまま、さっさと歩き出してしまったのである。何事もなかったかのように、だが少し急ぎ足になって。

ありゃりゃ……。

僕はどんどん小さくなってゆく、少女の後ろ姿を啞然と見送った。

何だったんだ、今のは?

呆気に取られたせいか、不思議と腹は立たなかった。むしろ可笑しいような気さえした。目と鼻の先で、自分の傘を盗まれてしまったのだ。代わりにどうぞとばかりに真っ赤な傘が一本。実に間抜けなことこの上ない。

しかし何とも奇妙な出来事である。傘立てにぽつんと残された赤い傘は、ごく新しいものらしい。一体何だってまた男物の、しかも決して新しいとは言えない傘と交換しなければならないのだろう?

理解に苦しむとはこのことだ。僕は一人首をひねり、テーブルの上に置かれた飲み物を見下ろした。グラスの中で、褐色の冷たい液体が、氷のひび割れの中にゆっくりと浸透している。紗英がやってきたのは、すっかり氷が溶けて水っぽくなってしまったアイスコーヒーを前に、新たな飲み物を頼むことを考え始めた頃だった。

今日の彼女の出で立ちは、デニムのミニスカートに、たっぷりとタックをとった白いブラウスだ。その平凡な服装を、まるで平凡でなくしているのが、小ぶりのハンドバッグやハイヒール、それに細いウエストに巻かれたベルトといった小道具だった。それらは眩いばかりの金色に、燦然《さんぜん》と輝いているのである。

ミスマッチ感覚とでもいうのだろうか。コットンやデニムといった、いかにも日常的な素材と、明らかにパーティ用ででもあるらしい、ゴールドの小道具。それが何の違和感もなく、紗英の上でしっくりと溶け合っていた。紗英のお洒落は、しばしばこの種の大胆さを発揮する。

そして僕は感嘆と困惑とを、いつも同程度に味わうことになるのだ。

彼女は勢いよくドアを開けると、例によって周囲の視線を一身に集めていることには一向頓着せずに、つかつかとこちらへやってきた。向かいの椅子に腰かけるなり、世にも不機嫌な声で言う。

「聞いてよ。私、もう最低の気分よ」

紗英にはこういう、自分勝手なところがある。しかしどういうわけか僕は、彼女のエゴイズムにはさほど腹が立たない。それはもしかしたら、実際は僕の方が紗英の百倍もエゴイストであることを、自分で知っているせいかもしれない。が、往々にして、ひどく怒っているふりをすることが、僕の義務なんじゃないかという気にさせられることも確かだ。

「偶然だね」僕はせいぜい陰険な口調で言ってやった。「こっちも目下、最上とは言えない気分だよ」

「遅くなって悪かったわよ」

いささかむっとしたようだったが、何となく元気がない。紗英はろくにメニューも見ずに、アイスティーを注文した。ちらりと僕のグラスに視線を走らせ、「それからホットも。両方ともレモンで」と追加する。

「クーラーが効き過ぎてるね、このお店」

伝票を持って立ち去ったウエイトレスに聞こえないように、紗英は小さな声で言った。「ねえ、すっごく寒かった？　すっごく待った？　すっごく怒っちゃった？」

〈すっごく〉をやたらと連発しながら、心配そうに僕の顔を覗き込む。悪戯な子猫が、ひどい粗相をしでかした後で、そっと飼い主にすり寄っていくような目をして。それはしたたかで、しかもしなやかな無邪気さだ。

「別に寒いとは思わなかったけど、待つのはずいぶん待ったよ。まあいつものことさ」厭味っぽく言ってやると、紗英は不服そうに口を尖《とが》らせた。「……だけど今日はそう退屈ってわけでもなかったな。君が金星だか火星だかで大活躍している間にね、こっちじゃちょっと面白いことがあったよ」

「なに、面白いことって」

紗英は小首を傾げた。

「傘泥棒に遭った」

僕は先刻の顚末《てんまつ》を話して聞かせた。紗英は僕ほどには事を面白く感じなかったらしく、憤然とした面持ちになった。

「それでみすみす取り逃がしちゃったわけ？　信じらんない」いかにも悔しそうに言う。「前に私もやられたことあるのよ、会社で。更衣室の傘立てって、結構危ないのよね。他にも何人も盗られててね、ブランド物の、いいやつばっかりわざわざ選んで盗んでくのよ。やらしいじゃない？」

「じゃ紗英の傘も、ブランド物の、高級品だったんだ」

からかうように言ってやると、あったりまえじゃないのと軽くいなされた。はあ、さようで

すか、と僕はうなずき、

「すると何だな、犯人は紗英の会社の女の子の中にいるってわけか」

まさか男性社員が女子更衣室に潜入はできまい。第一女物の傘なんか、男が盗んでも始末に困るだろう。

「だからやなんじゃない」紗英は悪臭でも嗅いだような顔をした。「うちの会社の女の子って、結構いいとこのお嬢さんが多いのよ。それなりの一般常識も持ってるし、一応は礼儀作法も心得てるはずなのに」

「いわゆる良家の子女ってやつだな」

「その良家のお嬢様が」紗英はどんっと拳でテーブルを叩いた。

「何だって他人の持ち物に手を出すのか、理解に苦しむわけよ。いくらブランド物ったって、たかが傘よ。それくらい好きなだけ何本でも買えるお給料を、みんなもらっているわ」

この子はひたすら空に向かって伸びてゆく、イトスギみたいに真っ直ぐだ。物の考え方に屈折したところが少しもない。彼女のこうした気質が、僕にはとても羨ましい。

「……ねえ、そう思わない？」

返事を求める形で紗英は演説を締めくくり、終いの方を聞いていなかった僕は慌てて聞き返した。

「え、何だって？」

「だからね、盗んだ傘を彼女たちは一体どこで使うつもりなのかしらって言ったの」

僕は黙って彼女の言葉を反芻してみた。どこで使う？　一体どこで。

窓の向こうに、華奢なデザインの、少し錆びた傘立てが見える。そのなかにある二本の傘。僕のものではない赤い傘と、紗英のものらしい、黒地に金の模様の入った傘と。それらを数秒間眺め、やがてひとつの可能性に突き当たった。充分あり得るかもしれないことに。

そのとき紗英が唐突に言い出した。

「圭介に話したっけ？　私も、ついこないだ盗まれちゃったのよ」

「いや、初耳。紗英も傘を？」

ううん、と相手は首を振った。

「――自転車を」

3

頭の中のスイッチを、傘泥棒から自転車泥棒に切り換えるのに、一瞬の空白が必要だった。

「それ、いつ頃の話さ？」

「一週間くらい前、かな。駅前の自転車置場に停めといたのに、帰ってみたらなかったのよ。すっごいショックだったわ」

紗英は力なくうなだれた。彼女の自宅は駅まで徒歩三十分はゆうにかかる場所にある。歩いて通うにはいささか遠すぎ、といってバスは使いたくないという。運転手が、〈最高に感じ悪い〉のが理由だそうだ。

『それに飲んで帰ってさ、酔っぱらいのおじさんたちと一緒に、タクシー乗り場に行列するってのも、ぞっとしない話じゃない？』

そう付け加えて、紗英はにやりと笑ったものである。週のうち、彼女が〈飲んで帰る〉頻度からすれば、確かに財政的にもぞっとしない話になるだろう。彼女は昨今の若い女性の例に漏れず、酒が好きだったし、実際強かった。本人曰く、酒の方でも彼女を好いているのだそうだ。だから紗英が移動の手段として、自分で車を運転することを考えなかったのはそのせいもある。

それに第一、彼女は運転免許を持っていないのだ。

むろん、紗英のようなタイプの女性が今まで免許を取ろうとしなかったはずはなく、教習所に通ったことはあるのだが、途中で辞めたのだという。中途挫折はよくあることだが、状況が並ではない。

『スケベな上に、すっごい厭味な教官がいたのよ。あんまりあったまにきたから、路上教習の途中で思い切りブレーキ踏んでね、ひっぱたいてやったわ。そのまま車から降りて、それっきりポイ、よ』紗英はゴミでも投げ捨てるようなゼスチャーをしてみせて、『一般道だったから、後ろに大渋滞ができちゃって。だけど私のせいじゃないもん。そのままバスで帰ってきちゃった』

以来ハンドルは握ったことがないのだという。

『そりゃまたいさぎよいね』

よくも追突事故を起こさなかったものだ、と思いながら僕はそう感想を述べた。

『私、我慢するのって嫌いなの』

年中〈あったまにきて〉いるらしい紗英は、澄ましてそんなことを言った。彼女が免許を取りそこねたことについて、僕はちらりと安堵を覚えたものである。

ともあれ教習所を自主退学してからというもの、紗英の真っ赤な自転車は、彼女の唯一にして重要な交通機関となったわけだ。

それが盗まれたというのである。常は元気一杯の彼女が、今回ばかりは悄然《しょうぜん》としているのも、無理もない話ではあった。

「そりゃお気の毒さま」

僕はお悔やみめいた言葉をかけた。「運が良けりゃ、そのうち見つかるよ」

おそらく出てはこないだろうな、と思いながらの慰めは、我ながら嫌になるほど空々しい。それが伝わったのか、紗英は恨めしげな表情を僕に向けた。しばらく無言でストローをもてあそんでいたかと思うと、ふいに怒ったような声で言った。

「見つかったわ、運悪くね」

「え、何が見つかったって？」

「自転車よ……盗まれた。ついでに犯人もね」

「それ、いつの話さ？」

僕は膝を乗り出した。珍しいこともあるものだ。

「ついこの間」何となく憂鬱そうに紗英は説明しだした。「駅の近くに買い物に出てたらね、目の前を二人乗りの自転車が通り過ぎていったの。危なっかしいなあって思って、よく見たらそれが私の自転車なわけ」

それですっかり頭に血の上った紗英は、後を追って駆け出したのだ。幸い自転車は、すぐ目と鼻の先の駅前で停まった。男の子が、ガールフレンドを駅まで送ってきた、ということらしい。

『これで全部、うまくいくよ』

そう言って、彼は手を振った。少女は気弱な微笑みを残し、とんとんと階段を上っていった。さて、と振り返ったところに、憤怒に燃える紗英がいたというわけだ。

『人の物を盗んどいて、うまくいくもないじゃない?』

自転車を示し、硬い声でそう言うと少年は見る間に蒼ざめた。おろおろと言い訳のようなことを口にするのには構わずに、紗英は屈み込んで愛車を検分した。すると鍵の部分がどうも、記憶と違ってやたらぴかぴかと光っている。もしやと思ってキーを取り出し、差し込んでみると、案の定合わない。

「元の鍵がついたままじゃ使えないから、外すのはわかるわよ。だけどその後で新しい鍵をつけるのがやらしいじゃない? 自分は他人から盗んどいて、人に盗まれるのは嫌っていうんだから」

それで完全に〈あったまにきた〉紗英は、自分の住所氏名を渡し、自転車を元通りにして返却するよう相手に命じたのである。

思わず僕は口を挟んだ。

「だけどそのまんま、どろんされちゃったらお終いじゃないか」

「それは大丈夫。これを取り上げといたから」

軽く言って紗英がハンドバッグから取り出したのは、薄青い紙に印刷された、学生証だった。

「普通やらないぞ、ここまで」僕は呆れ果て、二つ折りのその紙片を覗き込んだ。大津《おおつ》幸彦《ゆきひこ》というのが、くだんの自転車泥棒の名だった。市内の大学生である。「今の大学生って、そんなに素直だったたっけかなあ。女相手に言いなりになって、おとなしく学生証を差し出すとはね」

年上といったって、そういくつも違いはしない。体だっておそらく向こうの方が大きいだろう。紗英はそう大柄な方ではない。

僕は学生証の顔写真をしげしげと見た。端整な面立ちだが、いかにも気の弱そうな青年である。確かにこれではとても、怒れる紗英には太刀打ちできまい。

「しっかし、K学園大学の二年生とはね」

「あそこって、すごいお坊っちゃま大学で有名なとこよね」紗英は面白くもなさそうに肩をすくめた。「ちょっと可哀相なくらい、ぺこぺこ謝ってたわ」

「そりゃあ、学校側に知れたらえらいことだろうからね」

「……どうしよう。前途ある青少年に、悪いことしちゃったよ」

紗英は天を仰ぐふうをした。

「犯人に同情するなんて、紗英らしくないね。やって当然のことをしただけだから、別にいいんじゃないか？〈自転車泥棒被害者友の会〉なんてのを結成してさ、その武勇伝を披露してみなよ。大喝采を浴びるぜ、きっと」

だが紗英は力なく首を振った。

「そうじゃないのよ」

「何が？　自転車は戻ってきたし、めでたしめでたしなんだろう？」

「何ていうか、そうとばかりも言えないみたいなのよね」

彼女にしては珍しく歯切れが悪い。僕が首を傾げると、紗英はややきまり悪げに白状した。

「その問題の自転車ね、どうやら私んじゃ、なかったみたいなのよ……」

4

「――すると何かい」たっぷり十秒ばかりの沈黙の末、ようやく我に返って言った。「君は罪もない学生にインネンをふっかけて学生証を取り上げた挙句、返してほしけりゃ自転車をよこせと強要したと、こういうわけかい？」

紗英はぷんと頰をふくらませた。

「やあね、人聞きの悪い言い方しないでよ」

人聞きが聞いて呆れる。

「君の話を要約したまでだよ。大体さ、最初に名前くらいは確認するのが常識ってもんだろ」

「だって書いてなかったもん、名前なんて」

紗英はむしろ威張るみたいに言った。

「どうして?」

「ダサいから」

「ダサいとかダサくないとかそういう問題じゃ……」

「それでなくてもね」と紗英はぴしゃりと遮った。「女の子は無闇と住所氏名を宣伝して回らない方がいいの。何が起こるかわかんないでしょ」

「何が起こるってのさ」

「例えば悪人が先回りしててさ、家に帰ったところを襲われちゃう、とか」

「まるで赤頭巾ちゃんだね」

「真面目な話よ」と紗英は軽くこちらを睨み、「聞いた話だけどね、友達の知り合いで……」

「真面目な話」と僕は相手の言葉を遮った。「まずいんじゃないのかなあ。恐喝行為による物品の巻き上げって、罪が重そうだもんなあ。被害者がぎりぎり未成年じゃなかったのが、まだしもだな」

紗英も薄々は、そういうことを考えないでもなかったらしい。

「圭介ってホーント、やな性格ね」

という憎まれ口にも、いつもほどの勢いはない。

「だけどどうして紗英のじゃないってわかったんだ？　まさかもう大津幸彦君が脅しに屈して、自転車を持ってきたってわけじゃ、ないんだろう？」

だとしたらすでに犯罪は成立だ。しかし紗英は憮然と首を振った。

「持ってくるわけないでしょ。代わりに今日、電話があったの」

「大津君から？」

「警察から」

ぎょっとしたのが顔に出たのだろう、紗英はくすりと笑った。

「安心してよ、逮捕勧告じゃなかったから。『あなたの自転車が放置されていましたから、取りに来てください』ですって。盗難届を出しておいたのよね」

「しかしそれじゃ、必ずしも大津君の無実を証明することにはならないんじゃないのか？　紗英に見つかったから、慌ててどこかに放り出した、とか。後はひたすらとぼけるつもりでさ。学生証をとられているんだから、あまり賢いやり方とは言えないけどな」

「実を言うと、私もそれは疑わないでもなかったのよね。それで……」

「それで？」

「それが遅刻した理由。今さっき、大津君の家に行ってきたの」

紗英は学生証の住所欄を指し示した。彼女の家から、さほど遠くはなさそうだ。

「すごい立派な家だったわよ。自転車はちゃーんと、庭先に停めてあったわ」

「つまり彼の無罪は立証されたわけか。だけどそれならそうで、何だってまた学生証を持ってきたんだよ。そのまま返してくりゃ良かったのに」

「だって何だか取り込んでて、そんなムードじゃなかったんだもん。いいよ、今度ちゃんと謝りに行くから……あら、雨、やんだのね」

紗英は窓越しに、やや明るくなった空を見上げた。通りを行き交う人々は、にわかにお荷物と化した傘を、持て余し気味に歩いている。紗英はくすりと笑った。

「残念。圭介があの赤い傘をさすとこ、見られると思ったのに」

「そりゃ生憎だったね。だけどあの傘は、元の持ち主がじきに取りにくると思うよ」

「どうだかわからないと思うけど？」

紗英は疑わしげだ。

「君はさっき言ったよね。盗んだ傘を、犯人は一体どこで使うつもりなんだろうって。あのとき、今回のことに限って言えば、僕はどこで使うのかわかった気がした。少なくとも、可能性のひとつとしてはね。ちょっと考えてごらんよ。新品の傘よりも、古い傘の方がいいのは、どんなときだ？　学生が、登校日以外で夏休みに制服を身につけるとしたら、それは一体どんなときだろう？」

訝《いぶか》しそうな顔をする紗英に、僕は畳みかけるように続けた。

「問題は色にあるんだよ。彼女はきっと、出かけるときには動転していて、そこまで気が回らなかった。途中ではっと気づいたんだな、これじゃまずいって。たまたま通りかかった喫茶店の店先に、ごく地味な色合いの、古い傘がさしてあった。ちょっとだけ借りよう、そう思った。自分のを残していくんだから、これは泥棒じゃない。たぶんそう自分に言い聞かせながらね」

僕は少し言葉を切って、レモンティーに口をつけた。「傘泥棒と自転車泥棒に共通しているのは、きっとこのあたりの心理なんだろうな。ちょっと借りているだけだから、これは泥棒じゃないっていう——さて、ここでさっきの質問。真っ赤な傘じゃ行けないところって、どんなところだろう？　本人の意思に反して、とても目立ってしまうに違いないところ。気まずい思いをしてしまうようなところは？　ほら、噂をしていたら、当人のお出ましだ」

あの少女が、傍らを通り過ぎるところだった。紗英は興味津々といった顔で振り返って言う。

「へえ、結構可愛い子じゃない。大津君の彼女に、ちょっと似てるわ」

「見てな、もう一度、傘を取り替えるから」

僕は言い、紗英は黙ってうなずいた。

僕らの密やかな注視には気づかず、少女は忍びやかな足取りで店先の傘立てに近づいていった。彼女は人形芝居の操り人形のように、予想された通りの行動をした。きれいに畳んだ僕の傘を、そっと傘立ての元の位置に戻し、代わりに真新しい自分の傘を大事そうに小脇に抱えた。そして早足に、その場を立ち去った。

しばらく少女の背中と、そこで躍る二本の三つ編みとが見えていたが、やがてそのどちらも群衆の中に溶けていった。

「さっきの答、やっとわかったわ」

僕の方に向き直りながら、低く紗英が呟いた。「私だって、高校生の頃には喪服なんて持ってなかったもの。祖母が亡くなったときだって、学校の制服を着ていったわ。だけどあのとき、もし雨が降ってたら、私だって困ったかもしれない。校則で、傘は黒か紺のみなんて決まってなければね」

「そういや、紗英が通っていた高校はやたらと規律が厳しかったんだよな」

「無意味なような校則にも、時には利点があるってことね。ろくでもないことだけど。だけどおかしな偶然もあるものね」

「偶然って何が？」

紗英は学生証をつまみ、ひらひらと振ってみせた。「大津幸彦君の家よ。さっき、取り込んでたって言ったでしょう。……お葬式の真っ最中だったのよ」

5

「それにしても納得いかない」

紗英はグラスを揺すり、何やら不服そうな声を出した。

「そりゃあ、紗英の大好きな勧善懲悪の観点からすりゃ、あの結末が不満なのも無理はないけどれ。確かにあそこでリチャード・ギアがああも呆気なく死んじゃうってのは、許しがたい裏切りだよな。だけどそもそもあの話のテーマってのは……」

「お生憎さま。映画の話じゃないわよ、だ」

紗英は冷たく遮って、フローズン・ダイキリのグラスを、カタンとコースターの上に戻した。シャーベット状の氷の上を、ミントの葉が一枚、ゆっくりと滑り落ちてゆく。

僕らは行きつけの〈エッグ・スタンド〉という店で、食後の一杯と洒落こんでいた。カウンターの上に置かれた花瓶には、大きなヒマワリが、赤や青のくねくね曲がった針金と一緒に幾本も突き刺してある。まるでゴッホのひまわりの、アバンギャルド・バージョンといったところ。

「何の話?」

面白そうに、泉さんが僕に尋ねた。彼女はまだまだ日本にはそう多くないであろう、女バーテンダーの一人だ。

「何の話?」

僕は紗英に尋ねた。

「映画の話じゃない話」

拗《す》ねたように言いながら、紗英はグラスの水滴で指を湿らせ、カウンターの上にふたつの円を並べて描いた。泉さんが覗き込み、解説を求めるように僕を見た。

「ああ、自転車泥棒の話か」

「そんなタイトルの映画もあったわね」

とは泉さん。

「ああ、あれはイタリアの、ネオリアリスモの傑作だね。当時は自転車一台にしたって、盗む方も盗まれる方も生活がかかっていたんだ。放置自転車がごまんと溢れちゃってる今の日本じゃ、とうてい作れない映画だな」

「だから映画の話じゃないってば」

たまりかねたように紗英が叫んだ。「放置されてる自転車は百万台でも、私の自転車はたった一台なのよ」

気持ちは痛いほどにわかるけれども、論旨のよくわからないことを口走る紗英を尻目に、僕は泉さんに事情をかいつまんで説明した。彼女は一応は紗英に同情してみせつつも、終始笑いをこらえるような顔で聞いている。

「まあ紗英さんの自転車も、ちゃんと見つかったんだからいいじゃないですか」

「ええ、それはそうなんですけど」

「何だか不満そうだね」

「だって今回の話じゃ、私って単なるおっちょこちょいじゃない。でなきゃ、ただの思い込みの激しい奴、とか」

「おや、その通りじゃないのかい？」

紗英は露骨にむっとした顔をしてみせた。

「あのねえ、圭介はどう思ってるのか知らないけど、いくら私だってそこまで軽率じゃないんだから。自分の自転車だって最初に思ったのは、ちゃんとそれなりのわけがあったの」

「要するに紗英の言いたいのはこういうことだろ？　紗英の自転車には他のとは違う、はっきりとした特徴があった。一目見てわかるくらいのね。そして駅前で見つけた自転車には、その同じ特徴があったわけだ。だから間違えた」

「まあそういうことね」

紗英は面白くなさげにうなずいた。

「なあに、オプションで荷台に籠でもつけてたの？」

泉さんの質問に、首を振ったのは僕だった。

「それは違いますね。何たって気の毒な大津君が漕いでた自転車の荷台には、彼のガールフレンドが乗っていたんだから。ねえ紗英。君の言う特徴ってのは、ひょっとして鏡と関係あるんじゃないのかい？」

紗英は顔を上げ、長い睫毛《まつげ》に縁取られた瞼《まぶた》を二、三度上下させた。

「あれ？　私、そんなこと、圭介にしゃべったかしら？」

「じゃあやっぱりついていたんだね、バックミラーが」

「バックミラー？」泉さんが呟くように言った。「自転車にそんなもの、ついてるかしら。私、見たことないわ」

「確かに僕も、街中で見たことはないですけどね。でも自転車の専門店なんかには、置いてありますよ。自分でハンドルに取り付けるんです。何しろ紗英は人と違ったことをするのが好きだから……」

「あら、狭い道を走るときは、本当に便利なのよ。それに、圭介はそんな目に遭ったことないでしょうけどね、面白がってわざと幅寄せしてくる、たちの悪い車もいるんだから」

「それは悪質だな」

僕は眉を寄せた。

「女だからっていう理由で遭わなきゃならない危険には、いつもうんざりさせられるわ。バックミラーがあったからって、避けられるとは限らないけどね。でも安全上からいっても、もっと普及してもいいはずの物よ。……それにしても、圭介ったらどうしてそんなことがわかったの？」

「ああ、それはね、いつだったか言ってたろ？　歩道橋で足を滑らせたお年寄りを、君が助けたって話。事故を目撃したときの、言い回しが少し面白かった。確か、〈歩道橋の真ん中辺りから落ちたのが見えた〉と言い、〈様子を見に急いで引き返した〉と言っていたと思う。〈見なかったふりして、さっさと走り去るのは義侠心が許さない〉ともね」

合いの手のように、泉さんがくすりと笑った。

「さて、そのとき君は走っていたそうだけど、まさか文字通り、三十分の道のりをランニングしていたわけじゃないだろう？　といって、君は車の運転ができない」

「自転車で走ってたのよ、もちろん」

紗英が口を挟んだ。

「もちろんそうだろうね。そして走り去った背後の歩道橋から落下する人影を見るためには、後ろに目がついてなきゃならない」

「でなきゃ、自転車にバックミラーがついているか」

と泉さん。僕は大きくうなずいた。

「だけど泉さんが言ったように、バックミラーがついた自転車なんて、滅多に見かけない。だからこそ、紗英はそっくり同じ車種で、同じようにバックミラーがついた自転車を、疑いもせずに自分のものだと考えたんだ。わざわざ盗難保険の登録ナンバーを改めてみるまでもなく、ね」

「要するに、私はおっちょこちょいの、そそっかし屋でした。めでたしめでたしっていう結論に持っていくつもりでしょ」

「その通り、と言いたいところだけど……」僕は拗ねたような紗英の顔を見て、少し笑った。「確かに妙な話だよな。双子みたいにそっくりな二台の自転車といい、あまりにも情けない大津君の態度といい、ね。いくら気が弱いっていっても、まるっきり身に覚えのないことを言われたら、少しは抵抗しそうなもんだ。まあこれは、それだけ紗英の迫力に怯えてたっていう解釈も成り立つだろうけど」

「どういう意味？」

「いやいや。だけどもっとすっきりした説明も、できないことはないよ。大津幸彦君が、本当に盗みを働いていたっていう説はどうだい？」

「あの子が本当に自転車泥棒で、あの自転車は他の誰かから盗んだものだったってこと？」

「いいや、何も彼が自転車を盗んだとは言ってないよ。人から借りたんだか、自分で買ったんだかは知らないけど、少なくとも自転車の大部分は、盗んだわけじゃない」

「変な言い方ね、大部分は、だなんて。盗むか、盗まないかのどっちかでしょ」そう言ってから、紗英はあっと叫んで泉さんと顔を見合わせた。

「バックミラー」

二人の女性の声が重なった。

「つまりそういうこと。大津君は確かに君から泥棒呼ばわりされても仕方がなかったんだ。それも自転車本体ではなく、ごく小さな部品、バックミラーを盗んだためにね」

「なんだって、そんなおかしな物を盗むわけ？」

「さあね、人それぞれだろ。いろんな趣味があるんだろうさ」

「だけどそれじゃ、私の自転車を盗ったのはどこのどいつよ」

紗英がふいに肩をいからせて僕に詰め寄った。一時鎮静化を余儀なくされていた怒りが再燃したらしかった。

「僕が知るもんか。どっかの普通の人が、ちょっと借りてったんだろうさ。まあ早いとこ、警察に引き取りに行くんだね。それでバックミラーの方は、大津幸彦君の学生証と引換えに取り戻す。紗英の自転車はこれで元通り。めでたしめでたし」

ぱちぱちと手を叩いてやった。紗英はまだ釈然としない様子である。

「同情の余地がある傘泥棒に、ひたすらせこい自転車泥棒、か。二人とも、おとなしそうな普通の学生だったのに。あの子たちの善悪の基準って、どのあたりにあるのかしら?」

「たぶん、探せばどこかの引出しから出てくるんだろうよ」

「きっとね。なかには仕舞い込んだまま、二度と出てこない人たちもいるみたいだけど」

紗英は瞳にやや皮肉な色をたたえ、ふいにハンドバッグを持って立ち上がった。

「気分直しに、化粧でも直してくるわ」

金色のハイヒールが床を蹴って立ち去ると、僕は紗英の仕種を真似て自分のグラスをゆらゆらと揺すってみた。琥珀色の液体に、グラスの縁が淡い影を落としている。

人間の心のなかには、きっと無数の引出しが存在しているのだ。美しい物が一杯詰まった引出しもあろうし、醜い形をした生き物が、隅の方にうずくまっている引出しもあるだろう。意図的に鍵をかけてしまおうとする引出しもあるかもしれない。だが多くの引出しには、様々な物が一緒くたに詰まっているに違いないのだ。美しい物と醜い物。善い物と悪い物。あるいはそのどちらでもない物。それらがヤジロベエのように危うい均衡を保ちながら、おそらく人は生きているのだろう。

「同情の余地がある傘泥棒に、ひたすらせこい自転車泥棒、ね」

僕はつい今しがたの、紗英の言葉を繰り返した。本来、この二人の行為には、何の違いもない。ただ、他人の持ち物を盗んだという事実があるばかりだ。願わくは、彼らがその日の出来事を、ごく些細《ささい》なことと片づけて、蓋をしてしまいませんように。あの気の弱い学生や、可愛らしい少女に、自分たちがしたことを手にとって眺められるだけの強さがありますように。

そこまで考えて、僕は一人苦笑した。物事の道理をわきまえた老人じゃあるまいし。とんだ偽善者だ。

「いけませんなあ」

突然、あらぬかたから声をかけられ、僕はどきりとした。グラスのなかに、かすかなさざ波が広がる。

ヒマワリの向こうで、一人の老紳士がにこにこと柔和な笑みを浮かべていた。

「なんだ先生ですか。おどかさないでくださいよ」

僕は相手に軽く会釈した。この小柄な老紳士には、過去にこの店で数度出会っている。いつもカウンターの同じ場所で、グラス一杯の酒を嬉しそうにちびちびとなめている。〈先生〉というのがただのニックネームなのか、それとも本当にそう呼ばれるような職業に就いているものかは定かではない。泉さんなら知っているのかもしれないが、尋ねてみたこともない。

僕は彼が、ずっとそこにいたのか、それとも今しがたやってきたばかりなのかを測りかねていた。ひょっとしたらカウンターから、自然に生えてきたのかもしれない。梅雨明けのキノコの一種か何かみたいに。

「いけませんねえ」

言葉尻に多少のバリエーションをみせて、先生はもう一度繰り返した。その子供じみた表情に、悪戯っぽい色が見え隠れしている。

「一体何の話ですか？」

面食らって尋ねると、老紳士はますます嬉しげに笑った。

「隠し事はいけません」

「僕は別に何も隠してなんか……」

「紗英ちゃんは納得していませんよ」

僕は呆気に取られてグラスを置いた。先生は穏やかな口調で続けた。

「歳をとるにつれて、知ってる人間の数だけは漫然と増えていくものでしてね、これで私も知り合いは多い」

「はあ」

僕は間抜けな相槌を打った。

「古くからの知人に、大津幸四《こうし》郎《ろう》というのがおりましてな」

思わず顔を上げた僕を、相手は面白そうに見やった。

「ほう、ご存じでしたか。何せあの大津建設を一代で築き上げた、立志伝中の人物を地でいくような御仁でしたからねえ」

僕はカウンターにグラスを置いた。

「二、三日前の新聞に訃報が載ってましたね」

老紳士はゆっくりとうなずいた。

「そろそろ危ないらしいという話は聞いていましたがね。実を言うと今夜ここに来たのも、私なりの奴を送る気持ちの表れでしてね。いや、湿っぽいのはごめんです。通夜も葬式も、失礼させてもらいましたよ」グラスの酒をちょいとなめ、それから力なく笑った。「今は大津建設の実質の経営は、息子の幸太郎《こうたろう》が引き継いでましてね、これが実に堅実な男でして、大津の奴は安心して隠居できるわいと自慢しておりました。まあ奴自身が、子供の時分から経営のイロハを叩き込んでいるわけですから、当然といえば当然なんですが。ところが奴にも悩みがあった。それが三代目の……」

「大津幸彦、ですね」

僕は終いを引き取った。

「頭の出来はそう悪くないらしいんですがね、なにぶんにも気が弱い。あんなで建設業界の修羅場を生き延びていけるのかと、ずいぶん気を揉んでいたものです。三代目に暗君が出るか明君が出るかでその国の存亡が決まるなんて、極端なことを言いましてね。だが持って生まれた気性はいかんともしがたいのも事実です。そこで考えたのが、しっかりした気立てのいい女性と結婚させることだった、というわけですよ。実に何というか、私らの世代らしい思いつきじゃありませんか？」

「……大時代的な発想ではありますね」

無愛想な僕の返事に、相手は目を細めて笑った。

「確か三、四か月前でしたっけねえ、大津の奴が新聞に載ったことがありましたっけ。あれを見たときには、私も笑いましたよ。経済欄ならともかく、健康欄だったんですから。ほら、ご存じでしょう、『私の健康法』とかいうコーナーでね、毎回ジジイやババアが出てくるあれですよ。あいつも何を血迷ったんだか、健康と趣味を兼ねて散歩を欠かさないんだとかいう、嬉しそうなコメントと、写真入りでね。圭介君もお読みになったんでしょう？　あの記事を」

僕は軽く肩をすくめ、無言でグラスを傾けた。

「おや、ノーコメントですかね？　しかし訃報にまでいちいち目を通しているくらいだ、読んでいないとは思えませんね。三、四か月前といえば、君が紗英ちゃんと出会って間もない頃だ。大津の散歩コースとやらが、紗英ちゃんの家のごく近くだってことには、当然気づいたでしょうね」

「もし、問題の記事を読んでれば、気づいたかもしれませんね」

「読んでいたから、訃報も目に留まったってのが本当のところじゃありませんか？」

「……確かに話としては面白いですね」僕はそっとグラスをカウンターに置いた。「紗英が助けたのが、実はとんでもない大物だったって可能性も、ないとは言えないわけなんですから」

「そのとんでもない大物が、歩道橋の階段を転がり落ちてくる可能性だって、あながちないとは言えないわけなんですよ」先生はいかにも愛想良く僕に微笑みかけ、「お姫様が駆け寄って、その年寄りを介抱した瞬間、大津建設三代目の花嫁が決定したっていう可能性もね。これはいかにもありそうなことですな。ま、シンデレラが見つけ出されるのは時間の問題だったかもしれませんね」

僕はちょっと眉をしかめた。

「だけど会ったっていっても、わずかな時間じゃないですか。よくそこまで惚れ込めましたね」

先生は実に愉快そうに笑った。

「俗にいう一目惚れってやつですな。ここだけの話、私は大津をよく知ってるから言えるんですが、紗英ちゃんは奴の好みそのままなんですよ。歳をとっても男の好みは変わらないものらしい。それに早い話、圭介君、君だって人のことは言えた義理じゃないんじゃないですか？」

「え……」

僕は柄にもなく狼狽し、視線を宙に泳がせた。その途中で、泉さんの好意的な微笑に出会った気がした。

「君の心配はわからんでもないがねえ」老紳士はいささか意地の悪い口調で言った。「いくら相手が大物でも、冥土から紗英ちゃんをさらっていけやしませんよ。第一、当の幸彦君が拒否してるんですから、この話はいずれつぶれたでしょう。彼もさぞかし慌てたことでしょうな。強引なことでは名高い祖父さんから、お前の花嫁を見つけてやったぞと言われたときにはね。ちゃあんと可愛いガールフレンドがいるんですから、なおさらです。ところで幻の花嫁についてだが……」彼は可笑しくてたまらぬというように顔を歪めた。「髪の長い、若くてきれいな女性——まあジジイのことだから、大津の奴も紗英ちゃんについてはこれくらいしか言えなかったでしょうなあ。名前も教えてもらえなかったわけだから。だがもう一つ、奴は妙なことを覚えていたらしいですね」

「……赤い自転車ですね。バックミラーのついた」

憮然と呟く僕を、老人は孫を見るような眼で見やった。

「確かに私もそんな自転車を見かけた覚えはないようです。まあ、一つの大きな特徴と言えるでしょうねえ。その自転車を、幸彦君は駅前の自転車置場で見つけてしまった。このまま持ち主に近くをうろうろされたら、遠からず花嫁が見つかってしまう……そこで彼は一計を案じた。つまり紗英ちゃんの自転車から、バックミラーだけを取り外して盗んだわけです。そしてそっくり同じ赤い自転車に取り付けた」

僕は小さく肩をすくめた。

「何だってそんなややこしい真似をしたんでしょうね。どうせならそのまま持っていけばよかったのに」

「そこが彼の気の弱いところですね。そこまでの度胸はなかったんです。鏡を盗むくらいがせいぜいで……そのすぐ後で不心得者が紗英ちゃんの自転車を盗んだのは、幸彦君にとっては不幸な出来事でしたな。まあいい教訓にもなったことでしょう。百盗むのも、たった一つ盗むのも、結局は変わりないということを知ったでしょうからね」

「それにしても情けない王子様だなあ」

僕が鼻を鳴らすと、相手はたしなめるような目つきをした。

「そんなに嬉しがっちゃあ、気の毒だ。その情けない王子様に、姫君をさらわれることを心配したのは、どこの誰ですかな？」

　僕は思わず苦笑して、肩をすくめた。

「別にそんな心配はしていませんよ……第一、自転車のバックミラーが、シンデレラのガラスの靴だったなんて突飛な話、今の今まで、思いつきもしませんでしたよ。先生は僕のことを買いかぶり過ぎてやしませんか？」

「まあそういうことにしておきましょうか」老人はにやにやと笑った。「たぶん紗英ちゃんも、年下は趣味じゃないでしょうからね。しかし、幸彦君はいい子じゃないですか？　気が弱い、意志が弱いってのは、それ自体は罪じゃあない。鋼のように強固な意志なんて方が、むしろ問題でねえ。えてしてそういう人たちは、困ったもので、自分のせいで周囲の人間が傷ついていることに気がつかない。大津の奴も、そういった一人じゃなかったとは言えないねえ。幸彦君はこう言ってたそうですね。『これで全部、うまくいくよ』とね。他にどんな欠点があるにせよ、彼は傷つく側の気持ちがわかる子だっていうのは間違いないでしょう。だからこそ、みんなが満足する方法を考えようとしたんですよ」

「その方法ってのが、鏡を盗むことですか？　とんだユートピアンだ。根本的解決にはなっちゃいませんよ」

　僕の言い方には、確かにひどく刺が含まれていた。だが老紳士は、甘やかすように僕に笑いかけた。

「嘘でも夢物語でも、案外に人間は満足できるものなんですよ。紗英ちゃんに助けられた後、大津は病院に囚われの身になってしまいましてね。精密検査で悪いところが見つかったんですよ。わしも年貢の納め時かもしれんなんて、珍しく弱音を吐いていましたっけ。奴が入院していたのが、あの町の総合病院の一室です。確か四階でした。きっとこんなふうだったと思いますよ。――誰かに呼ばれた気がして、窓からひょいと外を見たら、下で孫が手を振っている。その側には髪の長い、若いきれいな女性と、バックミラーのついた、赤い自転車……それが亡くなる少し前の話です」

老紳士はそこで言葉を切って、グラスの液体を口に含んだ。

「奴は満足したと思いますよ」

6

僕らはそれから、薄暗がりのヒマワリのように、少し不自然に黙り込み、そして何も語らなかった。

ふいに調子っ外れなハミングが聞こえ、弾んだ足取りの紗英が戻ってきた。僕は振り返って右手を上げる。

「よお、お帰り。早かったね。金星はどうだった?」

「はあ?」

紗英はハミングをやめて立ち止まった。

「行って、帰ってきたんだろ?」

カウンターに片肘をつき、意地悪くそう言ってやった。紗英は両手を腰に当て、ははんという顔をした。

「そうね、悪くなかったわよ。面白い情報も聞けたことだし。特別に圭介にも、教えてあげようか?」

「ぜひともね」

僕がうなずくと、紗英はいともあでやかに微笑んだ。

「あのねえ、口じゃ何て言ってもね」言いながら、金色のバッグでぽんと軽く僕の頭を叩いた。

「圭介はいつだって、結構楽しんでいるのよ」

「僕が何を楽しんでいるって?」

紗英は傍らの花瓶から、蜂蜜色のヒマワリを一本抜き取り、くすくす笑いながら僕の鼻先で揺らしてみせた。

「もちろん、私を待っていられるってことをよ」

ほんの一瞬、店の中はしんと静まり返った。

——最初に吹き出したのは泉さんだったが、先生の笑い方のほうがより遠慮がなかった。

僕は目の前で揺れる大きな花と、勝ち誇ったような紗英の顔とを交互に見比べ、結局潔く負けを認めることに決めた。実際、彼女が息を弾ませて、僕の許へ駆けてきてくれるなら、いつまでだって待っていられるというものじゃないか？

僕は紗英の腕をとって、立ち上がった。

「そろそろ帰ろうか。面白い話をしてやるよ」

「どんな話？」

紗英は無邪気に尋ね、花を花瓶に放り込んだ。僕は老紳士に向かい、軽く片目をつぶってみせた。

「そうだね、シンデレラになりそこねた女の子の話、なんてのはどうだい？」

四

できない相談

Dekinaisoudan

1

セイタカアワダチソウとススキの穂とが、揃って風にうなだれる。いぶしたような金に、柔らかくけむる銀。河原はそこらじゅう、一面の秋だ。

遅い午後の陽が、斜めに土手を照らしていた。両岸ともにコンクリートで固められ、まるでワッフル型を隙間なく並べたように見える。私はその中ほどに腰を下ろし、風が吹く度になびく丈の高い秋の草や、川面《かわも》にたち現れる細かなさざ波を見下ろしていた。流れのよどんだ辺りに、数羽の水鳥が漂っている。くちばしを翼のつけ根にうずめてみたり、水にちょんと浸《ひた》してみたり。彼らの日常は彼らなりに忙《せわ》しなく、それでいてこの上なくのどかだ。

突然、ひゅうと空気が鳴って、何かが耳許をかすめていった。

黒いつぶてが勢いよく岸辺を横切り、測ったように彼らのちょうど真ん中にすぽんと吸い込まれた。驚いた鳥たちが、いっせいに水を蹴って飛び立つ。よどみは一瞬、慌ただしく揺れ、すぐに何事もなかったようになめらかになった。

私は傍らの加害者に、咎める視線を投げかけた。

「そう睨むなよ、当ててねえだろ？　ちゃーんとど真ん中を狙ったぜ」

にやりと笑いながら、河野武史は無造作に肩をすくめた。

「そういう問題じゃないでしょ」

「変わってねえよな、紗英は。相変わらずの正義の味方だ」

「何よ、それ」私はふくれた。「厭味のつもり?」

「正義のってのは違うか。弱い者の味方。変な奴の味方。孤立した奴の味方。それより何より、紗英自身の味方だ」武史はもう一度にやりと笑い、それからふいに話題を変えた。「変わってねえと言や、この辺も相変わらず草がぼうぼう生えてるだけの、殺風景なところだな……ガキの頃とまるで一緒だ」

「ほんと」

私は低く相槌を打つ。しばらくの間、私たちはぼんやりと、風に波打つ豪奢な雑草に見とれていた。力強く揺れる、金と銀。波しぶきのように、輝く色彩が散る。夕日に染まり、そして風を染め上げ……。本当に、子供の頃に見た風景と、何ひとつ変わらない。変わらないということは、やはりある種の強さと言えるかもしれない。

あのときから十年もの月日が経っているということ。そして、それだけの年月を経て今ここにいるということが、とても不思議だった。

『よお、紗英』

電車の中で、ふいにそう呼びかけられたときは驚いた。その相手が武史と知って、二度驚いた。

河野武史と私は、いわゆる幼なじみだった。家が近所で小中学が同じという、よくある関係である。ただし、共に遊んだのは小学生までで、中学に入ってからはほとんど口も利かなくなった。これもまあ、世間にはよくあることだ。

だが武史は、久しぶりに会った幼なじみが口にしそうなことは、一切言わなかった。ほとんどぶっきらぼうと言える口調で、ただこう言ったのだ。

『ちょっと付き合ってくれないか』

どこへ？　という質問に、武史は短く『河原』と答えた。

武史の言う〈河原〉とは、子供の頃共に遊んだ場所のことに違いなかった。断る理由は特に見当たらなかった。どのみち遠回りになるでなし、しかも彼は私にとって、一番特別な友達だった。少なくとも、小学生時代の私にとってはそうだった。

あの頃の私はまるで男の子みたいだったと、当時を知る人は口を揃えて言う。スカートなんか恥ずかしくて着られやしないと思っていたし、髪の毛は襟足より先に伸びたことはなかった。好きな遊びは草野球やチャンバラごっこで、当然友達は男の子ばかりだった。将来はプロ野球選手かお相撲さんになりたいと、半ば本気で考えていた頃もあった。もちろん、どんなに私が努力したところで、そのどっちにもなれないのだと知るまでには、さほどの時間を必要としなかったのだけれど。

中学に入り、私は生まれて初めてセーラー服を身につけた。真新しい生地はごわごわと堅苦しかったし、ひだスカートは重たいくせに足許がすうすうと頼りなかった。だが両親はひどく嬉しがり、親馬鹿ぶりを発揮して、しきりに可愛い可愛いと褒めそやした。母は制服のスカーフを幾度も結び直してくれたし、父はいそいそとカメラを取り出してきて、フィルム一本分をあっと言う間に終わらせた。そのときの写真は、むろん今でも残っている。

その写真の真ん中で、父親の注文に応じてぎこちなく微笑んでいる、十二歳の私。あのとき感じていた密かな屈辱感や当惑は、父も母も、そしてカメラのレンズも知らないことだ。

制服に関してはもうひとつ、ささやかだけど気の重いエピソードがある。入学式の朝、校門の前でばったりと武史に出くわしたのだ。彼は最初私とは気づかず、それから穴のあくほどしげしげとこちらを眺めた。そして薄ぼんやりとした、曖昧な微笑を浮かべた。相手のその表情の中に、私を憐れむような、嘲笑するような色を読み取った私は、さっと頰に血が上るのを感じた。更に武史が不用意に口にした一言も良くなかった。

『へえ……お前、女だったのな』

人間、本当に頭にきたときには言葉など出てこないものだ。私は無言のまま唇をきつく嚙みしめ、顎をつんとそらして、武史の前を行き過ぎた。後には蒼ざめるほどの怒りと、傷つけられた自尊心だけが残った。

武史にしてみれば、悪気などこれっぽっちもなかったに違いない。私がどうしてあれほど怒ったのかも、きっとまるで理解できなかったろう。理解なんかしてほしくもなかったし、説明する気もなかった。しろと言われて、できるものでもなかったろう。

私が髪を長く伸ばし始めたのは、それから間もなくのことだった。

以来、武史と共に遊んだことはない。彼ばかりではない。他の遊び仲間とも、互いの家を行き来したり、草野球に熱中したりするようなことは絶えてなくなった。あれほど仲が良かったにも拘らず――いや、むしろそのせいだったのかもしれないけれど。

やがて私には女の子の友達が大勢できた。女の子の言葉でしゃべり、女の子の遊びをするようになった。男の子に間違えられることも二度となかった。いつの間にか、私は男の子と女の子との双方から、好意を得ることに成功していた。ただその好意の種類は、微妙に異なっていたかもしれない。一度だけ、かつての遊び仲間だった男の子から、手紙をもらったことがあった。その出来事は、私をひどく複雑な気分にさせた。

要するに、私は女の子として、かなりうまくやってきたのだろう。たとえ自分でも理由のはっきりしない敗北感を、ずいぶん長い間引きずり続けねばならなかったとしても。

――虫が鳴き始めている。私は十年ほどの時の隔たりを、急ぎ足に駆け戻った。

夕風が私の髪をなぶり、セイタカアワダチソウとススキが大きくうねった。私は髪を押さえながら、再び口を開いた。

「ねえ、覚えてる？ 子供の頃流行《はや》ったゲームでさ、〈できる、できないゲーム〉ってあったでしょ」

「そんな遊びもあったっけな」

武史の唇の両端に、かすかな笑みが刻まれた。

他愛ない、子供の遊びである。子供たちは口々に〈宣言〉するのだ。その内容はどんなことでも良かった。曰く、近所の高い塀の上を端から端まで歩いてみせる。校庭で一番高い木のてっぺんまで登ってみせる。凶暴さで知られた番犬のいる家の前を、一度も吠えられることなく通り過ぎてみせる……等々。ただし、『それくらい、自分にだってできる』と他の子供に逆に宣言され、実行されてしまえば、言い出した者の負けになる。従って子供たちはそれぞれ、できそうにないこと、不可能に思われること、そして一番肝心なのは自分にだけはできることを考え出さねばならない。

『そんなこと、できっこないよ』

何とか皆にそう言わせ、なおかつ見事にその不可能事をやり遂げたい……。誰もがそう考え、夢中になった。

「みんな馬鹿なことを山ほど言ったりしたりしたっけ。まるで一休《いっきゅう》さんのとんち話みたいなのもあったわよね」

「ケーキを一度に百個食べてみせるって豪語した奴とか?」

私たちは顔を見合わせて吹き出した。『それは絶対にできない』と口々に言われた後で、その少年は澄まして言ったものである。

『それじゃあ、今から食べてみせるから、早くケーキ百個持ってきてよ』

中にはなかなか頭脳的な子供もいた。例えばある少年は、例の猛犬のいる家の前を、ただの一度も吠えられずに通り抜けてみせた。彼は見事にその日のヒーローになりおおせたのだ。そ父親の栄光は、飼い主が愛犬を散歩に連れ出す時刻を調べ上げるという、事前調査なくしては得られなかったものだ。また、ちょうどいいタイミングで仲間をその場へ連れて行くために、父親の腕時計を無断で持ち出すという冒険すら、彼はやってのけたのである。

「そこいくと、紗英は正攻法だったよな。次の試合ではホームランを打ってみせるとかさ、駆けっこで一番になってやるとか、そういうことばっか言ってたろ」

「言ったことはちゃんとやってみせたでしょ、全部」

私は軽く胸を張った。スポーツでも勉強でも、男の子に後れをとったことは一度だってなかった……少なくとも、あの頃は。

「ああ、そうだな。とにかくすげえ奴だったよ、紗英は」

心から感心したように武史は言ったのだが、私はかすかな苛立ちと共にその言葉を聞いていた。川に投げ込まれた石と、その波紋とが、私の頭にちらりと浮かぶ。

「ねえ武史」私は呟くように言った。「武史の〈できないゲーム〉、すごかったね。私、すっごくびっくりした」

「あんなの」相手は軽く鼻を鳴らした。「単なる知識の応用さ。知ってれば、誰にでもできた。もっとも今じゃもうできないらしいけどね。NTTが機械を改良したって話だからさ」

奇妙に冷めた口調と、可愛げのない性格は昔とちっとも変わっていないらしい。

武史はとかく孤立しがちな少年だった。決して馬鹿にされていたとか、仲間外れにされていたとかいうのではない。普段無口なくせに、時折痛烈でしかも正鵠を射た皮肉を言ったり。からきし勉強ができないくせに、授業中に先生のミスを冷静に指摘してみせたり。体育の授業にはいつだってやる気のない態度で臨むくせに、こと喧嘩となると無敵で、しかも情け容赦なかったり。そんな武史は、どちらかといえば畏怖の対象であり、周囲から敬遠されることが多かった。だから親しく付き合っていたのは、ほとんど私一人だけだったと言っていい。そんな武史だったが、一度だけ、〈できる、できないゲーム〉に自ら加わったことがあった。そしてそのゲームは、丸々一学年を巻き込む大騒動になってしまった。

『お前ら知ってるか?』突然、武史はそう切り出した。『電話線には声の幽霊が巣食っているんだぜ』と。

昼休みだった。ほとんどの子が給食を食べ終え、さて何をして遊ぼうかという算段で、教室は賑わっていた。ところがそんなざわめきのさなかでも、ふと真空のように静寂が訪れる一瞬が稀にある。武史が口を開いたのは、まさにそんな瞬間だった。みんなの視線が彼に集中するなか、武史は淡々と話し続けた。

例えばたった一人で暮らしている女の人の家に、強盗が入ったとする。その女の人は警察に助けを求めようと、電話機に飛びついたところを殺されてしまう。だらんと垂れ下がった受話器に、血まみれの女の人の死骸。どこにも繋がっていない電話線に、被害者の悲鳴が封じ込められ……。

あるいは、一人急病に苦しむ人が病院に電話をかける。だがその人は自分の住所を言い終えないうちに、苦しみもがきながら死んでしまう。またあるいは、そこに人がいることがはっきりしているのに、いつまでもいつまでも呼び出し音が鳴り続けるばかりで、一向に相手は電話に出ようとしない。出ないはずだ。実はその家は火事で燃えている最中だったのである……。

武史はざっとそんな具合に、電話をかけながら死んでいった人、電話のベルを聞きながら非業の最期を遂げた人がいかに多いであろうかという認識を、子供たちの頭に延々と吹き込んだのである。ひどくリアルに、そして具体的に。

だから電話線の中にはさ、そういう人たちの出口を失ったうめき声やささやきや悲鳴や怨念が、がさがさ、がさがさ、ずうっとはい回っているんだよ……。

話を聞き終えたとき、腕に鳥肌が立っていたことを記憶している。

それを突拍子もない与太話だと一笑する子は、一人もいなかった。武史に一目置いていたせいでもあるし、子供というものが元来、怪談話に目がないということもあるだろう。そしてまた、武史の話しぶりには奇妙な説得力と、薄気味の悪い迫力があった。そしてみんながしんと押し黙ってしまったところで、おもむろに武史は言い出したのである。

『俺は皆にその幽霊の声を聞かせてやることが、できるぜ』と。

武史はその〈できる〉というところで、ことさらに挑発的な口調になった。

『そんなこと、できるわけないよ』

すかさず、だがやや小声で誰かが反駁《はんばく》した。周囲からも次々に同調する声が上がった。折からのブームで、〈できる〉という言葉にはとりわけ敏感になっていたのである。

確かにできるわけがないと、私も思った。もし実行するとしたら、武史が自ら級友たちの家に順番に作り声で電話をし、後であれは幽霊からだったと言い張るほかはないだろう。いささか冴えない、そして〈インチキ〉との誹《そし》りを免れないであろうやり方である。

事実、その方法を口にし、『そんなんじゃ、駄目だぜ』と釘を刺した勇気ある少年もいた。武史は別に気を悪くするでなく、『誰がそんなことするって言った？　みんなまとめていっぺんに聞かせてやるよ。なあ、お前ら聞きたくないか、幽霊の声をさ』

子供らしからぬ凄味のある笑いを浮かべながら、武史は挑発的に顎をぐいと突き出した。私は少し離れたところから、不安と期待を等分にして、それを眺めていた。いくら武史でもという不安に、それでも武史ならという期待。

噂は瞬く間に広まった。

武史が指定したのは、とある日曜日の真っ昼間、十二時ジャストだった。あまり幽霊とコンタクトをとるには相応しくない、のどかな時間帯だ。だがその時間に、武史の指示した番号に自宅から電話をかけた子供は相当な数に上ったに違いない。噂が噂を呼び、私たちの学年はおろか、その兄弟姉妹を通じて他の学年や近くの中学にまで情報が流れていたと、後になって知った。

『あんなこと言っちゃってさ、ほんとに大丈夫なの？』

前日の土曜日、私は心配になって武史に尋ねてみた。この頃には私の期待はいささかおぼつかないものになり、その分不安の勢力が増していた。だが、武史はへらへらと薄笑いを浮かべてこう答えた。

『さあね、幽霊に聞いてくれ』

腹が立ちはしたものの、好奇心には勝てない。結局私も、当日問題の時刻に電話をかけた何百人だかのうちの一人に名を連ねたのである。

そしてその何百人だかの人間は、間違いなく聞いたのだ。血も凍るような女の悲鳴と、苦しげなうめき声、そして紛れもない呪詛の呟きを。

気の弱い子は最初の叫び声を耳にした瞬間にもう、受話器を置いてしまったらしい。最後まで電話を切らなかった心臓の強い子供は、（なぜか女の子の方が多く、そして私もそのうちの一人だった）十五分ほどもその気味の悪い声を聞かされ続けることになった。

当然ながら、翌日からは大変な騒ぎとなった。学校中がその話題で持ちきりだったし、ひどく怯えて、二度と電話はかけないと断言する子供までいた。皆が武史を遠巻きに眺めていたが、それまでも彼に近づく酔狂な子供は私くらいのものだったから、本人にとっては大した違いはなかったのかもしれない。とにかく武史は別に驕《おご》るでも目立った振る舞いをするでもなく、平然と常と変わらない日々を過ごしていた。

どんな噂もいつかは下火になる時が来る。〈幽霊電話〉の話が先細りになる頃には、例の〈できる、できないゲーム〉も飽きられていた。ブームは必ず去るということなのだろうが、それにしても皆があれほど熱中していた割には、消え方が呆気なかった。

おそらく、誰もが気づいてしまったのだろう。河野武史がやってのけた、とてつもない〈できない〉に匹敵する〈できない〉など、それこそできっこないということに。

武史本人を別にすれば、私はかの〈一一七の幽霊事件〉の真相を知る、たぶん唯一の人間である。言い遅れたが、武史が皆にかけるよう指示した電話番号とは、一一七番だった。言うまでもなくこれは、時報専用ダイヤルである。

からくりとしては単純だ。一一七番のような情報ダイヤルは通話用として一般に使われるナンバーと異なり、あらかじめ録音された音声を一方的に聞くだけの役割しか持たない。送話機能は必要ないから当然カットされている。だから一度に複数の人間が同じ情報を聞くことが可能となっているのだ。ただし、一時に多数の人間が集中して同一ナンバーにかけると、大幅に電圧が下がり、通話可能な状態になってしまう。これを漏話現象と呼ぶそうだが、要するに情報を受け取ることだけが専門のはずのサービスダイヤルで、こちらの受話器で叫んだ言葉が、どこかで耳を澄ましている不特定多数の人間の耳に届いてしまうというのである。そして誰もが知っていて、最も集中しやすいのが、一一七番——時報局番なのだ。一七七、つまり天気予報でも原理は同じなのだが、こちらはテープの音声がほとんど切れ目なくしゃべっているため、横から割り込んだ声は聞こえにくい。その点、時報だと、例のかすかなピッピッピッポーン、というカウント音の間は絶好の条件となり得る。

つまり〈幽霊電話〉の正体は、その事実を知った武史が打った、大芝居だったのである。気味の悪い悲鳴やうめき声は、ホラーもののラジオドラマから録音したという。

日曜の十二時ジャストというのは、それでなくても時報局番が混みそうな時間帯だ。なおかつ噂を煽《あお》り、広がるにまかせ、思い通りの結果に導いた武史の真意は、私にとってひどく不可解だった。皆を首尾よく驚かせ、勝ち誇るならまだわかる。手を打って喜ぶならば。だが武史はそうしなかった。いつもと同じつまらなそうな顔をし、そして二度と同じことをやろうとはしなかった。

今にして思えば、あれは一種の嘲笑だったのかもしれない。他愛のないゲームに興じる、甘やかされた級友たちへの。屈折した、声なき嘲りの笑いではなかったか。

武史は複雑な家庭に育った少年だった。

雑草の生い茂る河原に、幻想が浮かぶ。丈の高い草の間を駆け回る子犬に、それを追う二人の子供。一人はまるで男の子みたいな女の子。もう一人は、薄汚れた恰好をした武史。本当にあの頃の武史ときたら、見られたものじゃなかった。髪はいつだってぼさぼさだったし、食べこぼしの染みがついていない服を着ていることなど、滅多になかった。それでもこの河原で、武史は何て楽しそうに笑っていたことだろう？　顔をみっともないほどくしゃくしゃにして、口から銀色の歯列矯正器具を覗かせて。

ぼんやりとそこまで考え、おや？　と首を傾げた。彼の歯並びは今や、歯科医院の宣伝にも使えそうなくらい、美しく整っている。長年にわたる歯列矯正の成果であるはずはなかった。元々その金具を嫌がっていた武史だったが、中学に上がる少し前、無謀にも自らそれを外して川に捨ててしまったのだ。

きらきら光りながら河原を横切り、やがて水底に沈んでいくその矯正器具を、少しの不安とある種の痛快さを感じながら見守っていたことを覚えている。

「お前さ、ひょっとして俺の歯を見てないか？」あまりしげしげと眺めたせいだろう、武史は歯を剝き出し、ひょうきんな仕種で自分の口許を指さした。「こりゃね、偽物なんだ。差し歯だよ、差し歯」

「若いくせして、どうしてよ？」

「ボール食ったんだよ、デッドボールってやつ。これがまた、硬いボールでさ、前歯四本ぽっきり折れちゃったってわけ。だっせー話だろ？」

「……そんな簡単に折れたりするものなの？」

「紗英も野球するときゃ、気をつけな」

「もう野球なんてしませんよ、だ」

「チャンバラごっこもやらねえか」

「あったりまえでしょ。ピッカピカのオフィスレディに向かって何を言ってるのよ。うちの会社で穂村紗英っていえば、楚々たる美人で有名なんだから。あと、ラブリーな性格と有能な仕事ぶりとかね」

こういうことは自分で言った者の勝ちなのである。

「〈楚々たる〉ってとこは怪しいな」胡散《うさん》くさげに武史が言う。「しっかし紗英がＯＬねえ。前に会ったときはほら、就職活動にえらく苦労してたじゃねえか」

「そういうこともあったわねえ」

私はのんびりと相槌を打った。ひとたび喉元を過ぎれば、直ちに熱さを忘れてしまえるのが私の長所である。

「たった二年前のことじゃねえかよ」

武史がにやにやと笑いながら言う。

「二年も過ぎれば大昔よ。そういえばね、武史に確かめたいことがあったのよ。この間、友達と飲んでて武史の話になったのよね」

「何で俺が出てくるんだよ」

「だって嫌がるから面白いんだもの。本人は気振りにも出してるとは思っていないでしょうけどね」

武史ははんとうなずいた。

「その友達ってのは男か」

「まあね。ヘンな奴でさ、クールぶってるし素直じゃないし。でもひょっとしたら武史とおんなじくらい頭がいいかもしれないよ」

武史は無言で片方の眉を上げた。

「それでね、この間、あのときの話をしたら、とんでもない答が返ってきたわ。武史が聞いたら面白がるだろうなって思ってたのよ」

「あのときって?」

「だから二年前にあったこと。ねえ武史。あいつの言ったことがホントかどうか、答合わせをしてみない?」

2

二週間ほど遡る。

「きゃあ」

〈エッグ・スタンド〉のドアを開けるなり、私は子供じみた歓声を上げた。「〈名月や〉って感じ。風流ですねえ」

「月がどうしたって？」

後から入ってきた圭介は、冷静そのものだ。

「これだから無感動な人間は嫌んなるのよねえ」

私はわざと大仰に肩をすくめた。

〈エッグ・スタンド〉の女主人であり、バーテンダーであり、料理人でもある泉さんは、自分の店に四季折々の植物を絶やさない。私たちが初めて訪れた春先などは、子供の腕ほどもある見事な桜の枝を持ち込んで、客の度肝を抜いていた。

『だけどどんどん散っちゃうから、お掃除が大変だったわ。毎日お店が終わった後、もったいない、もったいないって言いながら、箒と塵取りで花びらを始末していたのよ』

いつだったか、泉さんはそう言って苦笑していた。

それを聞いたとき私は、これはいかにも女性の発想だなと、密かに感じ入ったものだ。彼女はもちろん、純粋に桜の花を惜しんでいたのだろう。だがその哀惜の念が、実はいかにも女らしい経済観念に裏打ちされているなどとは、決して男性は思うまい。美しく装った女性に目尻を下げはしても、その装いにどれほどのエネルギーと資力とがつぎ込まれているかは、世間一般の男性たちの想像力をはるかに超えた問題らしいから。

言ってみれば、桜の枝は高価な晴れ着のようなものだ。しかもこの晴れ着は、来年再び取り出してまた着るというわけにはいかない。一発勝負の花火みたいなものである。〈しづ心なく花の散るらむ〉などと優雅に構えていられようはずもない。

けれど彼女はしごく諦めも気っ風もいい女性だったから、次に訪れたとき、カウンターの上で私たちを迎えてくれたのは、彩りも鮮やかなチューリップの一束だった。

そして今夜は見事なススキの穂が、抑えた照明を受けて、ぼんやりと輝いている。人の吐息やわずかな身じろぎに、ごくごくかすかにそよりと揺れる。共にアレンジしてあるガマの穂が、全体の茫洋とした雰囲気に変化をもたらしていて面白い。

秋だなあ、と思う。

季節の移り変わりを、薄暗い屋内で確認するというのは、確かに奇妙なことだった。

私はうきうきと弾んだ声を上げながら、カウンターのいつもの席に納まった。

「あれを見て一句ひねらないようじゃ、日本人とは言えないわよ、ねえ泉さん。ううん、〈名月や〉の後が続かないなあ……名月やススキ野に揺れ秋深し、とか……イマイチだなあ。私って才能ないらしいわね」

「ここでいきなり俳句を作り始めたのは、紗英さんが初めてだわ」

泉さんがおかしそうに言う。圭介がしたり顔に、

「見かけによらず、妙にジャパネスクなところがあるんですよね、紗英の好みって。トレンディドラマよりも時代劇が好き、洋食よりも和食が好きってね」

「あら、それじゃ、お酒もほんとは日本酒の方がお好きなのかしら？　そろそろ熱燗が恋しくなる季節ですよね」

泉さんの表情が悪戯っぽいものになる。私はぺろりと舌を出した。

「アルコールに関しては差別はいたしませんの。すべて皆平等ですわ」

「おやおや、この八方美人め」

「あら、慈愛に満ちた博愛主義者と呼んでほしいわ」

「マザー・テレサみたいだね」

圭介とのやり取りに、相変わらずですねと泉さんが笑う。

「それで今日は何になさいます？」

最初の一杯を尋ねられ、私は即座に答えた。

「ブルー・ムーン。何となく、秋らしいですし……」

「今日のファッションにも合うし？　そのブルーのストールカーディガン、とっても素敵だわ」

思わずにこりと笑ってしまった。

「さっすが泉さん。どこかの野暮天と違って、わかってますよねえ」

「あ、やっぱりまだ根に持ってるな」圭介がことさらうんざりしたように言う。「だけどどうして怒るんだろうなあ、だってそのポンチョ……」

「ストールカーディガン」

鋭く遮って訂正した。

「ストールだかカーディガンだか知らないけど、客観的に言ってさ、すごく似てると思うよ。その色とか、ずらっとついてる房とかさ」

「何に似てるって言われたんです？」

泉さんがボトルに伸ばしかけた手を止め、不思議そうに尋ねた。

「クッキー・モンスター」

「え？」

一瞬ぽかんとしてからバーテンダーはくすりと笑った。「ああ、セサミ・ストリートに出てくるあの真っ青なお化け、ね」

「何でそう怒るんだよ。可愛いじゃないか、あれ」

「まだ言う気？　あれに似てるなんて言われて喜ぶ女がいるって本気で思ってるとしたら、その男は大馬鹿よ」

「ま、世の中には馬鹿な奴も多いからねえ」

「何を人ごとみたいに。ねえ泉さん。時々ね、男の人って賢いようで肝心なことをわかってないっていうか、少し馬鹿だなあって思うこと、ありません？」

バーテンダーは仕事をしながら静かに首を振った。それみろ、という顔をしかけた圭介に向かい、彼女はあでやかに微笑んでこう言い放った。

「時々……じゃありませんね。圭介さんには失礼だけど、しばしば、だわ」

圭介はみるみる憮然とした表情になった。

「また辛辣なご意見ですね。具体的な例でもあるんですか？」

「そりゃ、女が一人でこういう仕事をしているとね、いろんなことがありますわ。嫌な思いもたくさんしますし、笑っちゃうようなこともね、よくあります。そうね、例えばお客さんでね、連れの女性が席を立ったときに、こう耳打ちしてくる方が時々いらっしゃるんですよ。『彼女にわからないように、強い酒にしてくれ』って」

「最低な上に考えることが陳腐だわ」

「紗英には使えない手だな」

圭介ときたら、すぐこうやって人のことをうわばみ扱いするのだ。無視してバーテンダーに尋ねた。

「ね、そういうときはどうするんですか、泉さん」

彼女はにこりと笑った。

「そりゃあ商売ですもの、ご要望にお応えしますよ。女性にわからないように、どんどんアルコール分を強くしていくんです……男性の分をね」

「それで下心の君は引っ繰り返るってわけか。可哀相に」

「最近の若い女性はアルコールに強いんですよ」澄まして彼女は言い、付け加えた。「もちろん、後でちゃんとタクシーを呼んでさしあげますわ。場合によっては二台」

アフターケアも万全、というわけだ。

「やっぱりいざとなったら、女の方が断然上手《うわて》よね」

「結局、そういう結論に落ち着くわけだね」

肩をすくめる圭介の神経を逆撫でするような、闊達な笑い声がふいに響いた。見るとカウンターの隅に、いつの間にか小柄な老紳士がちょこんと腰掛けていた。彼は〈エッグ・スタンド〉の常連客の一人で、私たちとはすでに顔馴染みだった。

「あら先生。いらしてたんですね、こんばんは。ススキが馬鹿にお似合いじゃありません?」

言ってから、挨拶の後に余計な一言をくっつけるのは止めろと、圭介に常々言われていたことを思い出した。

だが、彼は小作りな丸い顔に柔和な笑みを浮かべ、

「それは光栄ですね。私の顔は、そんなにお月様に似ておりますか?」

わずかに小首を傾げる様子などは実に愛想がいい。

「いえいえ、お月様が先生に似てるんですよ」

更に言えば、月見団子も先生に極めてよく似ている。けれど礼儀をわきまえた私としては、

その意見を申し述べることは控えておいた。

「それにしても圭介君は、今夜はやけに旗色が悪いじゃないですか」

上機嫌でグラスの液体をなめながら、先生が言う。

「そりゃ女性二人にタッグを組まれちゃね、かないっこないですよ」

「ま、同性としては君に肩入れしてあげたいところですがね、どうも華やぎという点で、いま一つどころか、三つも四つも見劣りがしますからねえ、我々じゃ」

からからと笑う。一瞬、圭介は〈我々〉の仲間に入れてほしくなさそうな顔をしたが、といって異論もなかったのだろう、「まったくですね」とうなずいた。

「ねえ、ご存じですか?」

泉さんが私の前にコースターとグラスを置きながら言った。「ブルー・ムーンっていう言葉にはね、〈できない相談〉っていう隠された意味があるんですよ。ちょっと意味深だと思いません?」

「ふうん、できない相談」軽くバーテンダーに会釈し、私はその言葉を嚙みしめてみた。「そうすると、か弱い女が悪い男に良からぬ相談を持ちかけられた場合、黙ってこのカクテルをオーダーすれば〈お断り〉のサインになるってわけですね」

「どうしてこっちを見るんだよ。逆のバージョンだってあるだろ。か弱い男が悪い女に引っ掛かるケース」

「女に騙される男なんて、単なる馬鹿じゃない」

「これは手厳しいですねえ」

先生がにこにこ笑いながら口を挟んだ。圭介は早々に撤退を決め込んだらしく、黙ってピスタチオの殻を剝いている。

「ねえ、〈できない〉で思い出したんだけど、前にここで〈できる、できないゲーム〉のことを話したこと、あったわよね」

「ああ、幼なじみのタケシ君ね」

鷹揚な口調で圭介がうなずく。なぜか泉さんがくすりと笑った。

「武史と会ったときの話はしたかしら?」

「いつの話かによるな」

「二年くらい前かな。偶然道でばったり会ってね、成り行きで彼の知り合いのマンションに遊びに行ったの」

「普通さ、成り行きでそんなところに遊びに行くかなあ」

何やらぼやくように圭介が言う。

「何か誤解してるでしょ。知り合いっていっても、女性なんだから。すっごく素敵な人」私はグラスを覗き込んでそっと笑った。

「――これはね、彼女の物語なの」

「……ええ、ですから」ローパーテーションの向こうから、苛立ちを押し殺したような声が聞こえてくる。「そのようにおっしゃるお気持ちもわからないではないですけどね、はっきり申し上げてそれは無茶ですよ、まったくのところ」

3

私は合成皮革張りのソファに深々と腰掛け、ひょいと脚を組んだ。一応電話で先方の諒解は取っておいたのだが（いわゆるアポイントメントというやつだ）、

「生憎先客が長引いておりまして……」

取り次いでくれた女子社員にすまなそうにそう言われ、通された簡易応接のすぐ隣のブースで、当の田代《たしろ》課長が用談中ということらしい。電話と同じ通りの良い声で、すぐにそれとわかった。あまり気の利いたやり方とは思えなかったが、私の方も偉そうなことを言えた立場ではない。何といってもこちらは、採用試験に先立つ面接を受けさせていただく一学生に過ぎないのだから。

私は低いテーブルに置かれた湯飲みを取り上げ、一口すすった。ぬるくなってはいたが、まあまあいいお茶だった。

「そうおっしゃいますけどね」用談相手の声がふいに高くなり、私はコトリと茶托に湯飲みを

戻した。おや、と思う。明らかに女性の、それも相当に年配の人らしかった。

「本当に迷惑しているんですよ。三日前にお電話を差し上げたときには善処するとおっしゃったのに、何もしてくださらないからこうやって参りましてですね……」

「しかしですね、我々にはどうしようもないことじゃないですか」

「うちのマンションはね、もう十年も前からあそこに建っているんですのよ。お宅が建ったのは確か去年の年末でしたよね。ここにこういうビルを建てたらどういうふうになるかは、よくご存じだったはずでしょう？　住民がどんな迷惑を受けるかは、全然お考えにならなかったんですか？」

なるほど。私は一人うなずいた。つまり彼女は苦情を申し立てに来た、地元の住民というわけだ。日照権の侵害にビル風。居住区とオフィス街とが混在している街ではありがちな光景なのだろう。

「しかし何度も申し上げますが、今さらどうしようも……」

「ですから」勝ち誇ったような声が聞こえてきた。「壊しちゃえばいいんですわ、こちらの建物を」

「……お気持ちもわからないではないですけどね、はっきり申し上げてそりゃあ無茶ですよ、まったくのところ」

そして話は堂々巡りをしているらしい。

やがて田代課長はいつ果てるともない会話を強引に打ち切ったらしく、不満そうに肩をいからせた客人がパーテーションの向こうから現れた。小柄な老婦人である。藍の地に白い花模様が散ったワンピースを身にまとい、量の少ない髪をまとめて首の後ろでシニョンにしてあった。あっと思ったときにはもう銀色の小さなシニョンしか見えず、出口がわからなくてうろうろしかけるところを、先刻とは別の女子社員に案内されて出ていった。そのおぼつかない足取りをちらりと目で追いながら、私は組んでいた脚をほどいた。田代課長が急ぎ足にこちらの簡易応接に入ってきた。

「いや、待たせたね」あまりすまなそうでもなく、いかにもお義理のように相手は言った。

「いいえ、とんでもないです。こちらこそ、お忙しいところを申し訳ありません」

私はぴょんと立ち上がり、深々とお辞儀をした。相手は忙しなくうなずき、ソファに腰を下ろした。立ったままの私にも座るように促してくれたが、その物腰はややぞんざいだった。

クレーム婆さんに就職志願の女子学生。立て続けに面倒なことだ……。

そんなふうに考えているのが丸わかりの態度だった。しかし、もはや私はそれしきのことでは挫《くじ》けなくなっていた。女にとって昨今の就職事情がいかに厳しいか、前々から耳に入っていたことであり、身に沁みて思い知らされつつある今日この頃でもある。いかにも形式通りといった感じの相手の質問に、終始私は笑顔を絶やさぬよう、はきはきと明るい印象を与えるように努力しながら、丁寧に答えていった。

面接は十分ほどで終わり、田代課長はぱたりと書類を閉じた。

「結果は追って通知いたします。それでは」

にっこりと、私はうなずいた。

疲れた。

廊下で先に案内してくれた女子社員とすれ違った。私を見て、ちらりと気の毒そうな表情を浮かべたような気がした。

ビルを出るとき、なぜか振り向いてみる気になった。ここで働くようになるかもしれない、とは何となく思いにくかった。眩しく輝くその壁面に、周囲の景色と一緒に私の姿も映っている。書類袋を抱え、無個性なグレイのスーツに包まれた私は、少し怒った顔をしていたかもしれない。

髪をさらりとかきあげ、私は歩き始めた。

うっすらと額に汗が滲んでいるのがわかる。普段ラフな服装に慣れている身にとって、スーツはこの上なく暑くて重苦しい。私は立ち止まり、上着を脱いで腕に抱えた。

喉が渇いていた。

道端にジュースの自動販売機を見つけ、まるで電信柱に慕い寄っていく犬みたいに、いそいそと近づいた。

コインを落とし込むと、ダーツの的に見立てた光の輪が目まぐるしく回転を始めた。タイミング良く〈当たり〉のところでボタンを押してやろうと、狙いを定めたときである。

突然、肩越しににゅっと手が伸び、無造作にひとつのボタンを押した。やかましいファンファーレが鳴り響き、パネルがチカチカと点滅した。

「……武史」

呆気に取られて、私はその闖入者の名を呟いた。

「よお、紗英。久しぶりだな」

二本の缶コーヒーを手に、河野武史はにやりと笑った。


数分後、私は幼なじみと連れ立って歩いていた。

歩きながら、私はちらりと武史を盗み見た。洗いざらしのジーンズに、袖口から糸がほつれたシャツを着ている。相変わらず服装には無頓着らしいが、少なくとも清潔ではあるようだ。わずかに顔をしかめているのは、顔に当たる太陽の光が眩しいのか、それとも私との会話が途切れがちなことを気にしているためか。もっとも武史は沈黙を気に病むような可愛らしい性格ではなかったし、今だって違うだろう。

これから友人宅を訪問するが一緒に行かないか、という武史の思いがけない誘いに、なぜ何の躊躇もなく乗ったのかは、我ながら不思議だった。いくら子供の頃に仲が良かったとはいえ、高校時代はまるっきり音信不通だったわけだし、それに先立つやや気まずかった中学時代を思えばなおさらだ。

あのとき、武史が『ほらよ』と放ってよこした缶コーヒーを、私は数秒の間、ぼんやりと眺めた。それからこう言ったのだ。

『どうしてくれるのよ。私、缶コーヒーは甘いから嫌いなの』と。

武史は特に気を悪くしたふうでもなく、にやりと笑って言った。

『じゃ、ついてきな。うまいコーヒーが飲めるかもしれないぜ』

こだわりのない、以前と何ひとつ変わらない口調だった。『どこよ』と尋ねると『知り合いんち』と答え、ややあってから『女だよ』と付け加えた。私が何の気なしに『ふうん』と答えると、『言っとくけどな、彼女じゃねえぞ』とわざわざ念を押したのがおかしかった。
七、八分も歩いただろうか。その間、ぽつりぽつりと互いの近況を語り合った。武史はカメラの勉強をしていると言った。何だか意外な気がした。私が就職戦線で苦戦中だと話すと、武史も意外そうに眉を上げた。
手の中の缶コーヒーがすっかり生ぬるくなった頃、ようやく目的地に着いたらしく、武史はぴたりと立ち止まった。目の前にはタイル張りの建物があった。入口に打ちつけてあるくすんだ金色のプレートに、『サンシャインハイツ』とある。やや古びてはいるものの、瀟洒《しょうしゃ》な造りのマンションだった。

三段ある階段を上り、ガラスのドアを押す。一階はオフィスや何かの展示場になっていて、廊下とそれらの部屋との間はやはり透明なガラスで仕切られている。正面に、入ってきたのとまったく同じガラスのドアが見えた。

履き慣れない中ヒールが、床の上で硬い音を立てた。武史のズックも、キュウキュウと悲しげに鳴く。自分たちの靴音がはばかられるほど、辺りはしんと静まり返っていた。

武史は迷いのない足取りで、エレベーターホールに向かった。

ホールとはいっても、左右に一基ずつ、二基の箱が向かい合っているばかりである。向かって右側に観葉植物の鉢植えが置いてあった。その元気良く天井を向いた巨大な葉には、深い切れ込みがいくつもあり、ところどころには丸い穴まであいている。別に虫に喰われたということではなく、元々そういう種類であるらしい。根元のところにはわざわざ『モンステラ』と書かれた白いプラスチックの名札が突き立ててあった。

武史はその斑《ふ》入りの葉を、まるでピアノの鍵盤でも叩くみたいに指でぽんと弾き、それからエレベーターのスイッチを押した。

目指す相手は最上階の七階に住んでいるらしい。廊下には向かい合わせになったドアが左右に並び、何となくビジネスホテルを連想させた。

「こっちだ」

という武史の案内に従って歩き始めたとき、どこからかかすかなピアノのしらべが聞こえてくるのに気づいていた。どこかで聞いたことのあるメロディだった。

「ムーンライト」

思わず口に出して呟く。ベートーベンの月光ソナタである。武史はちらりと私を見たが、何も言わなかった。

目指す部屋は一番奥の向かって右側だった。ネームプレートには小さくローマ字で、〈AKIKO　ISHII〉とある。

「アキコさんって、どういう字を書くの？」

「さあ?」呆れたことに、武史は首をひねった。「そういや、聞いたことねえな」

あっさりそう言い置いて、ブザーのボタンに手を伸ばした。くぐもった音が室内で響く。

その瞬間、ピアノの音がぴたりとやんだ。武史は続けてブザーを三度、短く鳴らした。

「はあい」と応える声がした。澄んだきれいなソプラノだった。

すぐに錠を外す音が聞こえ、控えめに開けられたドアの向こうに、柔らかく微笑む女性の姿があった。

歳の頃は二十二、三くらいだろうか。女性らしい卵形の輪郭を、ゆるくウェーヴした栗色の髪が優しく縁取っている。美人というよりは、可憐という形容がぴったりくる、どこか宗教画の天使を思わせる顔立ちだった。

「まあ、いらっしゃい」彼女は愛想よく言い、私を見てもの問いたげな表情になった。武史が面倒くさそうに説明する。

「あ、こいつ友達。穂村紗英っての」

彼女は人懐っこい笑みを浮かべた。

「お会いできて嬉しいわ、どうぞ上がってくださいな」

そのささやかなやり取りの間、私はぽかんと二人を眺めていた。いや、正しくは彼女だけを。もう少し正直に言うならば、コットン地のマタニティ・ドレスに包まれ、はち切れそうに膨らんだその腹部を。

私の不躾《ぶしつけ》な視線に気づいたのだろう、彼女は両手でお腹を抱えるような仕種をしながら、こころと笑った。

「お相撲さんみたいでしょ。もうじき臨月なのよ」

辺りにふわりとミルクの香りが漂った気がした。

靴を揃えて立ち上がったとき、作り付けのシューズロッカーの上に、洒落た額縁が掛かっているのが目についた。中に納まっているのは水彩画だろうか、ずいぶんと精密な絵で、モチーフが変わっている。そこに描かれているのは、全部で一ダースほどの鳥の卵だった。

「それ、面白いでしょう?」

部屋の主が私の視線に気づいて言った。

「全部実物大なのよ。この黒っぽいのがライチョウの卵」彼女のすんなりとした指が、とん、とひとつを指さした。そして説明と共にその人指し指が、絵にかぶせられたガラス板の上をゆっくりと滑っていく。褐色の斑が不規則に並んでいるのが、ウミガラスの卵。まるで水にぽとりと落とした墨のような模様を持つイカルの卵。宝石みたいにきれいなブルーのチョウサギの卵。不思議と赤い、アカモズの卵。お馴染みのニワトリの卵にウズラの卵。ハチドリの卵などは、きれいに切り揃えられた彼女の小指の爪ほどしかない。

「ね、こんなに小さな卵からも、ちゃんと小鳥が生まれてくるのよ。すごいと思わない?」

歌うような口調だった。この絵はね、と彼女はふんわりと笑う。

「私が初めて彼におねだりして買ってもらった物なのよ」

「彼って?」

「あら、この子の父親に決まってるじゃない」

ユーモラスな仕種で、膨らんだ腹部をぽんと叩いた。「ずいぶん変わった物を欲しがるんだなって、笑われたわ。さ、奥へどうぞ。コーヒーでも淹《い》れるわね」

彼女の最後の言葉に、武史は私を見てにやりと笑った。それからさっさと私を追い抜き、彼女の後に続いた。玄関からは短い廊下が続き、右手にバス、トイレのドアが並ぶ。左側にひとつだけあるドアはベッドルームなのだろうが、廊下の長さからいってさほど広くはなさそうだ。その廊下を突き当たったところが居間になっている。リビングキッチンと呼ばれる造りだ。ここは八畳ほどの広さがあり、キッチンとはカウンターで仕切られている。正面がテラスになっていて、左手の壁には大きくとられた出窓があった。真っ白なレースのカーテン越しに流れ込む光は、やや黄色味を帯び、フローリングの床の上に細かな花の模様をぼんやりと投げ出していた。

「サエちゃんっていったかしら」コーヒーメーカーをセットしながら彼女が言った。「どんな字を書くの?」

「更紗の紗に、英語の英です」

「きれいな名前だわ。私はね、亜細亜《アジア》の亜に、希望の希で亜希子。それからね……」亜希子さんはふいに、秘密ごとをささやくように声を低くした。「この子は希望に次ぐもの、よ」

ぽかんとする私を見て、亜希子さんはくすくす笑った。

「わかる? わからない?」

「わかりません」

正直に、私は答えた。「何ですか、それ」

「答が聞けるなんて思っちゃいけねえよ」傍らから武史が口を挟んだ。「その人は訳のわからないことを言って、他の奴を煙に巻くのが得意なんだから」

「煙に巻くんじゃないわ、なぞなぞよ。答は自分で見つけるものでしょう?」

言われてもう一度考えてみたが、どうもよくわからなかった。

わからないといえば、武史と亜希子さんとの関係も、何とも量りがたいものがあった。恋人同士とはとても思えなかったし、友達というほどの間柄ですらないように見える。そのくせ、ふらりと部屋まで訪ねていってもおかしくないだけの、一種親密な空気が確かに存在している。亜希子さんはどうやら誰に対してもフレンドリーな性格であるらしいが、問題は武史である。

「……ねえ武史。亜希子さんとどうやって知り合ったのよ?」

小声でそっと尋ねてみた。

「ふふふ。ナ、イ、ショ」

そう答えたのは、むろん武史ではなく亜希子さん本人だった。いつの間にかすぐ傍らに立っている。両手に持ったトレイには、コーヒーカップが三つと焼き菓子を盛った皿が載っていた。

彼女はカップを配り終えると、「よっこらしょ」と掛け声をかけて、緩慢な動作でソファクッションに腰を下ろした。その重たげな、それでいて柔らかで壊れやすそうな腹部を、私は吸い寄せられるように見守っていた。

潮が満ち、月が満ちる。月が満ちて、子供が生まれる。

そして、ムーンライトソナタ。

「……ピアノ、お弾きになるんですね。素敵なピアノだわ」

我ながらひどく唐突に話題を変えた。

寝室との境目の壁を背に、アップライト型のピアノが据えてあった。よくある真っ黒でぴかぴか光ったタイプではなく、木製で全体にひと回り小さい印象である。脚の部分の優美なカーヴや、柔らかな木目の風合いがアンティークな雰囲気だった。実際にかなり古いものなのかもしれない。だが手入れは行き届いていて、茶褐色につやつやと輝いている。鍵盤の蓋は開いていて、やはり木製の譜面台に楽譜が立てかけてあった。廊下にまでこぼれていた音楽の破片が、まだその辺りに漂っているような、そんな空間がそこにはあった。

「ああ、あれは亡くなった母の物だったの」亜希子さんはいとおしげな視線をピアノに向けた。「すごく古いけど、今でもいい音で鳴ってくれるわ」

「大事にしてらっしゃるんですね」

亜希子さんは嬉しそうにうなずき、それから「でもね」と言葉を続けた。

「私よりもね、あのピアノに惚れ込んじゃってる人がいるのよ。ピアノの調律師をなさっているんだけど、彼が独立して初めて頼まれた仕事が、あのピアノの調律だったんですって。あの頃はまだ二十代の若者でしたよって、今でも懐かしそうによく言ってるわ。母はまだほんの少女だった。母の実家は割と資産家でね、まあ、でなきゃオーダーメイドのピアノなんか持てないでしょうけど、有名な先生について習ったそうだから、母のピアノはそりゃあ上手だったわ。才能あったのよ。あのまま勉強を続けていられたら、きっとピアニストにだってなれていたわ。それが母の夢だったし、そのための資金だってあったんですものね。残念だけどその夢は叶わなかったわ。ある日突然、母は勘当同様に家を出されちゃったのよ」

「どうしてですか？」

「母が私生児、つまり私を産んだから」ぽつりと言い、それからつまらなそうに付け加えた。「私のお祖父さんって人は、ひどく体面を重んじるタイプだったらしいわ。人に母のことを聞かれたら、娘は死にましたって答えてたそうよ」

「お父さんはどんな人だったんですか？」

私の質問に、亜希子さんは苦笑した。

「それがね、その話題になると、母ったらまるで貝みたいになっちゃって。あんなに強情を張らなきゃ、お祖父さんだってあそこまで意地になることもなかったと思うんだけど。一人娘が可愛くないはずはないものね。最低限の生活は送れるようにしてくれたし、家から必要な品物を持ち出すことも許してくれたっていうし。その中に、あのピアノがあったの。母娘で二人、アパート暮らしよ。まるっきりのお嬢様だった母がよくもまあって思うわ。そこへ石崎さん、あ、ピアノの調律師の名前なんだけど、ほんと、石灯籠《いしどうろう》みたいに頑固な人よ。その石崎さんが現れて言ったのよ。『ピアノの様子を見に来ました』って」

「本当はお母さんが心配だったんでしょう？」

「と、思うわ。だけど本当にピアノも大切にしてる人でね、仕事で学校のピアノをよく調律するらしいんだけど、大抵粗末にされてるって怒っているわ。手垢まみれの、埃だらけ。ひどいときは本体の中に紙コップが入っていたりするって。そういうピアノを見せられると、悔しくて涙が出そうになるんですって。その点、このピアノは幸せだ、お嬢さんみたいな方に弾かれるんだからって、よく母に言っていたわ」

「お母さんが亡くなられたのはいつなんですか？」

「私が高校生のときよ。お葬式の後に石崎さんがやってきてね、私のことをあれこれと心配してくれたわ。学校はどうするのか、生活費はあるのか、この後どうするのかって」

——大丈夫、何とか独りでやっていけます。

そう答えると、石崎さんの方が親を亡くした子供のような顔になり、そうか、頑張るんだよと呟いた。それから涙をぽろぽろとこぼした。それを見て、はっと思い当たることがあった。

後日、彼に尋ねたことがあった。

——どうして母にプロポーズしなかったんですか？

石崎さんはたちまち真っ赤になり、可哀相なほどに狼狽した。お嬢さんと結婚なんて、不釣り合いもいいところだ。

ひどくおろおろした口調でそう言い、それからぽろりとこう付け加えた。

——第一自分は野田さんのように風采も良くなければ、金持ちでもないのだから。

彼が口を滑らせたことに気づいたときには、亜希子さんはその野田なる人物が自分の父親であることを確信していた。気の毒な石崎さんを追及した結果、いくつかのことがわかった。

「……祖父の部下だったの。ハンサムで有能な人だったそうよ」

そして彼にはすでに妻も子もいたのだそうだ。だから亜希子さんの母親は固く口を閉ざしたまま、誰にも語ろうとしなかった。

「母と私、まるっきり同じことをしているのよね、笑っちゃう。親子って、そんなことまで似るものかしら」

亜希子さんは寂しげにため息をついた。私はまじまじと彼女を見やった。つまり、そういうことなのだ。だが、どろどろした感情に嫌らしい生々しさ、そして打算も欲望も、彼女とはあまりにも遠く見えた。

「……陽が落ちるのが早くなったな」

終始無言だった武史が、ぽつりと呟いた。その瞬間、テーブルや床やピアノや、そして私たち三人の上に、くっきりとした花模様が散っているのに気づいた。レースのカーテンを抜ける光は、少しずつ強さを増している。その薄い布地の向こうに、信じられないほどに大きな夕陽が見えた。熟した柿のように赤く燃えている。

「ね……」押し殺したような声で、亜希子さんが言った。「赤ちゃんが動き始めたわ」

それからそっと私の手を取り、自らの腹部に導いた。思いがけず弾力のあるその部分に、断続的で痙攣に似た動きを感じることができた。紛れもない胎動である。

それは胸苦しいほどの体験だった。

亜希子さんの柔らかな体を包む布地にも、腹部にのせられた白い手にも、くっきりと小花の模様が浮かび上がっている。大きなお腹に比べてその腕や首筋はあまりにも華奢で、そのことが何か無性に切なかった。

赤ん坊を宿すことは一個の容器になることだ、とふいに思った。子宮だけが際限なく膨張してゆき、母親の内臓は窮屈な片隅に押しやられ、肉や脂肪はどんどん薄くおぼつかなくなってゆく。高熱で溶解したガラスに、空気を吹き込んで膨らませるときのような、渾身の力が込もった危うさと、力強さ。

つまり〈月に臨む〉とはそういうことなのだ。

「私ね、ピアニストになりたかったの」

独り言のように、亜希子さんが言った。

私はそろりと彼女のお腹から手をどけた。掌が、かすかに熱を持って温かかった。

「――よお、紗英。ゲームをやらないか?」

突然、武史がそう言い出したのは、建物を出た直後のことだった。

亜希子さんの部屋を後にしたとき、私は甘いような切ないような、それでいて腹立たしいような、ひどく複雑な気分になっていた。早足でマンションの出口に向かう武史に、私はのろのろとついていった。武史の踵から長い影法師が伸び、私の足許でゆらゆら揺れた。

武史が重いガラスのドアを手で支えながら、馬鹿丁寧に「どうぞお先に、お嬢さん」と言ったとき、その口調の何かが癇に障った。

「フェミニストのふりなんかしなくて結構よ」

すげない私の言葉に、武史は肩をすくめた。

「らしくねえな。何、かりかりしてんだよ」

「私らしいって何よ。子供らしい、女らしい、学生らしい……らしいなんて言葉、大嫌い。私のことをどれだけ知ってるっていうの？　子供の頃とまるでおんなじだとでも思ってる？」

武史は立ち止まってまじまじと私を見やった。その戸惑ったような表情は、私にきまりの悪い思いをさせた。

「ごめん……。ほんと言うと、ちょっとかりかりしてる。就職活動のこととかさ、けっこ、めげること多くて。今日面接に行った会社ね、本当は女子社員は縁故採用しかしてないのよ。会社説明会だの何だのやってるのは、まったくの体裁からなんだって。馬鹿にしてるでしょ。面接が決まった後でそれを知ったんだけど、だから行かないっていうのも何だか悔しくてさ」

「紗英らしいな」相槌を打ってから、武史はにやりと笑った。「おっと、らしいってのは禁句だっけ」

私は苦笑して首を振った。

「いいよ、別に。でもね、最初っからコールド負けの決まってるゲームをするのはやっぱしんどいわよね。八百長なんだもん、ずるいよ」

「それだけじゃないだろ？」武史が言い、私は顔を上げた。

「紗英が腹を立ててる理由。紗英の想像通りっていうか、亜希子さんがほのめかしてた通り、あの人は金持ちの囲われものだよ。紗英には気に食わねえだろうけどさ。俺とあの人がどういうふうに出会ったか、教えてやろうか。俺が彼女を尾行してたんだよ。間抜けなことに、あっさり見抜かれたけどね」

「尾行って跡をつけたってこと？　どうしてそんな……」

「しょうもないアルバイトさ」言いながら、武史はジーンズのポケットから黒いフィルムケースを取り出した。「彼女の旦那ってのはかなりの有名人でさ、当然妻子もちゃんといる。愛人の存在がばれでもしたら、社会的な制裁を受けることは避けられないだろうね。だからもしそういう証拠写真でもあれば、いい値段で売れるだろう。本人が買ってくれなければ、余所《よそ》へ回したっていい。買い手には困らないだろうね」

私は啞然と武史を見やった。相手は涼しい顔でこちらを見返している。フィルムケースが宙に躍り、再び武史の武骨な掌に納まった。

「ちょっと。冗談じゃないわ。それ、よこしなさいよ」

ぐいと右手を突き出すと、武史はおかしそうに笑った。

「相変わらず正義漢だよな、紗英は。だけど教えてほしいな。この場合、正義ってやつはどこら辺においでになるんですかね」

私はぐっと言葉に詰まった。

「……少なくとも、第三者である武史にそのフィルムをお金に換える資格なんてないわ。頂戴、それ。私が処分するから」

「渡したっていいぜ」再び黒いケースが宙に躍った。私が奪い取るよりも早くそれをキャッチしてから、ふいに武史は言った。

「ただし、紗英が俺との賭けに勝ったらだ」

武史はにやりと笑った。

「よお、紗英。ゲームをやらないか？」

「……ゲーム？」

面食らって問い返すと、相手は挑戦的な面持ちになった。

「いいか、紗英。俺はあの部屋ごと、亜希子さんを消してしまうことができるぜ」

〈できる〉の部分にことさらに力を込め、にやりと笑った。反射的に私はこう叫んでいた。

「そんなこと、できるわけないじゃない」

「やっぱりそう思うか？　じゃあ賭けの成立だ。十分後に上がってこいよ」

言い置くなり武史は踵を返し、出てきたばかりの建物に吸い込まれていった。


きっかり十分後、私は行動した。

駆けるようにホールを横切り、お化けみたいな鉢植えに一瞥をくれてから、エレベーターの上りボタンを押した。

「男の子っていつもそう。武史ったら、昔とちっとも変わらない」

上昇するケージの中で、私は一人呟いた。一人さっさと突っ走っていって。とんでもないことをやってのけて、どうだすごいだろうと鼻をうごめかして。こっちの気持ちにはまるで構わない。私はいつもおいてけぼり。

どうしたって野球選手になれない。相撲取りにはもちろんなれない。

――ピアニストになりたかったの。

亜希子さんの言葉を思い出す。

世の中には何てたくさんの、できないこと、無理なこと、不可能なことがあるんだろう。叶わなかった夢。シャボン玉みたいに呆気なく弾けた無数の夢。うんざりだ。

「だから……」エレベーターが七階で止まり、私は廊下に飛び出した。「一流の会社に入って、一流の人と出会って、幸せな結婚をするだなんて陳腐な夢しか持てなくなっちゃうのよ」

ふとピアノのしらべを耳にしたような気がして、立ち止まった。間違いなかった。ムーンライト。ベートーベンの月光ソナタ。

だが歩きだした途端、その音は淡雪のように消えた。

ネームプレートを確かめ、私はそっとブザーを鳴らした。部屋の中で、その音が虚ろに響いているのが聞こえる。しばらく待ったが応答がない。思い切ってノブに手をかけた。鍵はかかっていなかった。

ドアを開けた瞬間、部屋の中が真っ赤に燃えているように見え、たじろいだ。だがそれは、テラスから真っ直ぐに差し込む夕陽だった。先刻よりもやや沈んだ色調だ。夕闇はすぐそこまで迫っている。

だが、部屋の中が妙に薄暗いのはそのためばかりではなかった。私は靴を脱ぎ、玄関に上がった。声をかけてみるまでもなく、その部屋には誰もいないのがわかった。

ふと見ると、下駄箱の上に掛けられていた卵の絵は取り外され、フックだけが壁の真ん中にぽつんと残っている。短い廊下を抜けてリビングへ向かった。冷蔵庫もソファクッションもテーブルも、何ひとつ残っていなかった。残っているのは壁に残されたフックと同じく、かつてそこに亜希子さんが生活していたという、わずかな痕跡ばかりである。

カーテンは取り外され、レールだけが空しく残っている。今や差し込む西日を遮る物は何もなく、太陽は剝き出しの光をフローリングの床に投げ出していた。その床にはピアノの重量を支えていた長方形の板の跡が二つ、くっきりと残っている。よく目を凝らしてみれば、白い壁紙にぼんやりとピアノの影を認めることができた。

私は啞然と立ちすくんでいた。賭けは間違いなく武史の勝ちだった。部屋には何も残っていなかったし、誰の姿もなかった。武史本人の姿さえ。

唯一の例外が、キッチンのカウンターに残されたコーヒーの缶だった。私が忘れていったものだ。それを取り上げ、部屋を出ようとしたとき、開けっ放しのドアから誰かが熱心に覗き込んでいるのに気づいた。小柄な老婦人である。藍の地に白い花模様が散ったワンピースを身にまとい、量の少ない髪をまとめて首の後ろでシニョンにしてある。はてどこかで見たような、と考えたとき、その老婦人が言った。

「あらまあ、石井さんたら、いつの間に引っ越しちゃったんですかねえ」

その甲高い声で、ようやく思い出した。あの会社で見かけたのだ。彼女はしきりに、まあまあまあと叫んでいたが、「赤ちゃんが生まれるのを楽しみにしていたのにねえ。挨拶ぐらいしていったって罰は当たらないと思うけど。本当に近頃の若い人ときたら」

何となく非難するように私を見た。

「この階に住んでらっしゃるんですか？」

私の質問に、相手は憤然とうなずいた。

「お向かいですよ、あなた。そりゃね、しょっちゅう小言は言ってましたよ。夜中にピアノを弾かないでくれって言ったこともありましたしね、もちろんそれからは二度と弾かなかったですけど。言えばわかる子だったんですよね。結婚もしてないのに子供を産むのはどうかと思うし、しょっちゅう男の人は訪ねてくるしでね、まあ色々言ったけど、でも、私はあの子が好きだったのに」

言うなり、ぽろぽろと涙をこぼしたのには驚いた。「あの子の赤ちゃんを抱っこしてみたかったのにねえ」

「……私も、亜希子さんがとても好きだわ」

私は言い、手にした缶コーヒーを老婦人に手渡した。彼女はきょとんと缶を眺めていたが、鼻をすすり上げながらこう言った。

「私はこういう軽薄な飲み物は好きじゃないんですよ……でもまあ、下さるっていうんなら、もらっときますけどね」

言うなりひょこひょこと踵を返し、正面のドアの向こうに消えた。

私は一人、誰もいない廊下に取り残されていた。

4

「——ふうん、確かに不思議な話ですね」

グラスを磨く手を休め、泉さんが考え深げに呟いた。

「でしょう？　まさしく〈できない〉はずのことですよね」

「馬鹿だなあ。事実できたんだから、できないなんてことはなかったんだよ。種のないマジックがないのと一緒でね」

偉そうなことを言ったのは圭介である。

「あら、解明されない謎は永遠の不可能事よ。あのお化け電話にしたところで、私以外の人間にとっては未だに本物のお化けの声なのかもしれないわ。ねえ先生。あのときあのマンションで、どんなことが起きたんだと思います？」

傍らで半ば眠ったようにとろんとした眼をしていた老紳士が、ぼんやりとした笑いを浮かべた。

「ええ、いや、そうですねえ……どうやらお化けが動きだしたらしいですな」

どうやら寝ぼけているらしい。私と泉さんは顔を見合わせて笑った。

「どう考えても無理ですよね」泉さんが真顔になって言う。「1DKとはいっても、人が暮らしていたらそれなりに物はあるはずよ。たった十分間でみんな持ち出すなんてできっこないわ。まして冷蔵庫や、それにそう、ピアノなんてものがあったんですものね」

「ピアノはおいそれと素人に運べる楽器じゃないよ。その大きさや重量もさることながら、下手に扱うと音が狂ったりするからね」

圭介の言葉に私もうなずいた。

「そうなのよ。冷蔵庫は確かシングル用の小さいサイズだったと思うけど、それでも一人で運び出すのは大仕事だわ。でも、それ以上の問題がピアノよ。いくら力があったって、武史一人で運び出すのは不可能だわ」

「一人じゃなかったら？」

グラスをもてあそびながら、圭介が言う。「確かに武史一人なら不可能だ。だけど亜希子さんの知り合いには、ピアノに関する専門家がいたはずだよね」

「共犯説ですな」

先生が嬉しそうに喉を鳴らした。

「調律師の石崎さんのこと？　確かに二人がかりなら、運べたかもしれないわ。けどどう考えても十分じゃ無理。それに持ち出すのはピアノだけじゃないのよ。他の家具から何から一切合切よ。無理に決まってるじゃない」

「十分どころか、一時間以上かかったろうね」

「それならやっぱり無理じゃない」

「そりゃ、無理さ。紗英のいない十分の間にどたばた荷物を運び出したはずがないことくらいは、紗英だってわかっているんだろ？　マジックの種はいつだってもっとスマートでつまらないものだよ。ヒントを出そうか。まあこれを言ったらそのまま答みたいなものだけどさ、要するに同じマンションの部屋なんて、どれもこれも似たような造りだってこと」

「ちょっと待って。どうやら私にもわかってきたわ」熱心にそう口を挟んだのは、泉さんだった。「そうよ。つまり紗英ちゃんが二度目に行ったのは、別の部屋だったんだわ。エレベーターで降りる階を間違えるかどうかして、関係ない空室に行っちゃったのよ」

「あのね、泉さん。私、いくら何でもそこまで間抜けじゃありませんよ。第一、武史があんなに自信たっぷりに断言したのが、そんな馬鹿げた偶然を期待してとはとても思えないもの」

「それじゃ、エレベーターの階数表示に何か細工したのかもしれないわ」

「まさかそんな」

「いや、泉さんが言っていることは、半分くらいは正しいんじゃないかな。十分間で引っ越しができっこない以上、紗英が後から行った部屋はまったく別の空室だったんだ」

「だけどあのお婆さんのことがあるわ。その空室に、石井亜希子さんって人が住んでたことは間違いなかったのよ」

「確かにね。もっとも、紗英が会った女性と同一人物だって証拠はどこにもないけど、まあこの際だからそこまで疑うのはやめとこう。とにかく物事を一度引っ繰り返してごらんよ。順番が逆なんだ。紗英が二度目に行った部屋が、かつて亜希子さんが暮らしていた部屋。そして最初に行った部屋こそ、彼女の新居ってわけさ。つまり亜希子さんは同じマンションの中で引っ越したんだ。しかも同じ七階にね」

私はあんぐりと口を開けた。

「何だってそんな無意味なことをしたのよ」

「意味はあるんだよ」圭介は頬杖をつき、少し言葉を切った。「武史の話によると、亜希子さんの相手は社会的地位が高く、しかも妻子がある男だ。ま、俗にいう不倫関係ってわけだけど、その事実が発覚すればそいつは社会的制裁を受けかねないってことだったよね。おそらく彼女は武史の口から、男が極めて危ない状況に立たされていることを知ったんだ。それで亜希子さんは男の前から消えてしまおうと決意した」

「身を引こうってわけね」

言ってから、嫌な言葉だと思った。好きな男を破滅させないために、貝のように口を閉ざし続けた亜希子さんの母親。あまりにも酷似した状況下で、男の許から去ろうとする娘。

私の不満には一向に気づかず、圭介は得意そうにうなずいた。

「だけど消えるっていっても、身重の身体だ。口で言うほど、事は簡単じゃないよね。そんなとき、同じ階の一室に空室を見つけたら……まさか男だって、通い慣れたマンションの恋人の部屋が空になっているのに気づいても、そんなに近くに彼女がいるとは思わないだろうし。灯台もと暗し、の典型だね。大胆で頭のいいやり方だよ」

「だけどちょっと待って。やっぱり変よ。同じマンションの中なら、部屋の造りがどれもこれも似たようなものばかりなのはわかるわよ。だけど亜希子さんの部屋はちょっと特別だったわ。角部屋なのよ。玄関から入って正面にテラスがあるのはどの部屋も同じでしょうけど、左手には大きな出窓があったわ。こればっかりはどの部屋も同じってわけじゃないでしょ？」

「角部屋だったら他にもあるだろ？　早い話、向かいのお婆さんの部屋がそうだ」

「それだと向きが逆になるわ。向かって右手が出窓になるはずよ」

「同じ並びの反対側は？」

それだと確かに向かって左手に出窓がつく。だが……。

「それも違いますよ、圭介さん」それまで黙っていた泉さんが、再び口を挟んだ。「圭介さんらしくないわ。紗英さんの話に何度も出てきたでしょう？　亜希子さんのお部屋は、西向きだったのよ」

「西向くサムライというわけですな。もうじき十月も終わりですよ。まったく、月日が経つのは早いものです」

眠そうな声で先生が妙なことを言い、大あくびをした。それから立ち上がり、泉さんに勘定をお願いしますよと声をかけた。

「なあに、西向くサムライって」

先生が帰った後で、圭介に尋ねてみた。

「あれ、知らないのか。カレンダーでさ、大の月、小の月ってあるだろ。その小の月の覚え方さ。に、し、む、く、つまり二月、四月、六月、九月が小の月ってね」

「サムライって？」

「十一月のこと。十一を漢字で縦に書くと、武士の士って字になるだろ、だからさ」

「ふうん。何だか武史のことみたい。武士の武は、武史の武だわ」

何気なく呟くと、圭介は少し複雑な顔をした。

「引っかけたのかもしれないぜ。あの先生、薄ぼんやりしてるようで、とんでもなくいろんなことがわかっていることがあるからな。さっきお化けが動きだしたとか何とか言ってたろ？　泉さんや紗英は笑ってたけど、僕は正直どきりとしたね。ひょっとして、僕とまるで同じことを考えてたのかもしれない」

「あれ、寝ぼけてたんじゃないの？」

私の言葉に泉さんもうなずいた。

「圭介さんの考え過ぎのような気がしますけどねえ」

「そうかなあ、そうかもしれないけど」

圭介も今ひとつ確信がないようだ。

「だけどお化けが動きだしたってどういうこと？」

「ああ、その話。お化けってのは英語でモンスターだろ。問題のマンションにも一匹、モンスターがいたんだよ」

「どういうこと？」

「言っとくけど、クッキー・モンスターじゃないぜ」

「ふざけてないで、ちゃんと説明してよ」

「わかったってば。一階にはエレベーターが二基、向かい合わせになっていたんだよな。その片一方の脇にあった観葉植物の名前がモンステラっていったろ？　これは英語のモンスターと語源が同じでね、ラテン語で怪物のことをモンストルムっていうんだ」

「博識ね」

泉さんが眼を丸くする。私は肘で圭介をつつき、先を促した。

「動きだしたっていうのは、モンステラの鉢植えのこと？」

「ま、勝手に動きだすはずはないから、武史の仕業だな。武史はその鉢植えを、元の位置から反対側のエレベーターの前に移したんだ」

「何のために？」

泉さんと私の声が重なった。

「その前に紗英に確認しておきたいんだけど、最初、亜希子さんのマンションに向かったときには西日に向かって歩いていたよね。その建物には東西に同じようなガラスのドアが向かい合わせに二つついていた。そして二人揃って帰ろうとしたとき、武史の影法師が建物の中に落ちてたってことは、君たちが出たのは西の方の出入口だ。ひょっとしたら、入ってきた出入口とは反対方向だったんじゃないのかな」

「言われてみれば……」私はおぼつかない記憶を探った。「たぶん、そうだわ」

「やっぱりね」圭介は口許に満足そうな笑みを浮かべた。「初めての建物ではそれでなくても方角は混乱する。来たときと帰るときとで逆方向の出入口を使ったのならなおさらだね。そんなときに、無意識のうちに目印になっていたに違いないモンステラが、反対側に置かれていたらどうなる？」

私ははっと顔を上げた。

「左右が逆転するわけね」

エレベーターを降りて右側。亜希子さんの部屋への行き方を、私はごく単純に、そんなふうに記憶していた。だがエレベーターは二基あったのだ。しかも向かい合わせになっていた。鉢植えの位置をほんの数メートル移動させる。武史がやったのはそれだけだ。そんなささやかなことで、私はまんまとまるきり反対の方向に導かれてしまったのである。

「だけどおかしいわ」舌を巻きながらも、私は首を傾げた。「人間の方向感覚は誤魔化せても、太陽が沈む方向までは動かしようがないはずじゃない。それこそできないことじゃないの」

「ところができたんだな。武史は太陽を東に沈めたんだよ」

「どうやって？」

「鏡さ」

一言そう答えてから、圭介は気を持たせるように言葉を切った。彼の悪癖である。私の咳払いに促され、渋々話し始めた。

「話を戻すようだけどさ、例の向かいに住んでたお婆さん、紗英が面接を受けた会社に一体何のクレームをつけに行ったんだろうね?」

突然、話が思いがけないところに行き、私は泉さんと顔を見合わせた。

「さあ? でも、何の関係があるわけ?」

「大ありさ。その会社からマンションまでは、歩いて七、八分かかったって話だった。いくらぶらぶら歩いていったにしても、結構な距離だ。日照権が侵害されるわけはないし、ましてビル風がそこまで吹くはずもない。すると考えられるのはたったひとつだ。紗英は言ってたろ? 面接を終えてビルを出てきたとき、その壁面は眩しく輝いていた。スーツ姿の自分がそこに映っていたってね」

「あ……」私は声を上げて、圭介の話を遮った。「ビルの鏡面加工」

「そういうこと。オフィスビルなんかで最近よく見かけるよな。反射率の高いガラスを使うらしいんだけど、全面鏡みたいになっててさ、やたらときらきら光って見かけもカッコいい上に、断熱効果が高くて、ビル内部の温度を下げるっていう、実際上の利点もある。空調にかかる電気代は馬鹿にならないからね。ところがこれが最近問題になってるらしいね」

「何が問題なんですか?」

まだよく呑み込めないらしい泉さんが尋ねた。

「反射光ですよ。考えてみてくださいよ。ある日突然、近所に巨大な鏡が出現して、連日思いがけない角度から太陽光を家の中に叩き込むわけです。ま、文句のひとつも言いたくはなるでしょうね」

「あら、日当たりが良くなっていいじゃないですか」

「そんなのどかなことを言ってますけどね、ぎらぎら光ってまぶしい上に当然室温も上がるんですよ。夏の暑い時分にはたまらないでしょう」

「それは嫌ですね。今年の夏は暑かったし」

「ひどいときには二百五十メートルもの範囲にも及ぶらしいですよ。大阪なんかでは規制が始まってるし、光を乱反射させるガラスも開発されてるらしいけど、これは汚れが落ちにくいって欠点があって、なかなか導入に至ってないんだ」

「やけに詳しいわね」

「いつかニュースでやってたんだよ」

けろりと圭介は言う。私は内心舌を巻いていた。この人ときたら、どうしてそんな取るに足らないことまでいちいち覚えているんだろう?

「要するに」泉さんが考え深げに総括した。「紗英さんが最初に行ったお部屋は東向きだったってことですね。窓越しに差し込んでいた夕陽は本物じゃなくて、ビルに反射した光だったんだわ」

「レースのカーテン越しに見たわけですからね、区別がつかなかったとしても無理はないな。ま、彼がそこまで計算していたかどうかまではわからないけどな」

圭介はそう言ったが、偶然などではないと私は思う。武史は意味もなく何かをする人間ではないし、偶然に頼るタイプでもない。すべて、計算の上だったのだ。

鏡は光を反射するだけでなく、左と右を逆転させる。この場合、巨大な鏡は西と東を逆転させたのだ。武史は太陽を西でなく東に沈めてみせた。その事実の方が、マンションの部屋をひとつ、すっかり消してしまったことよりも、更にとんでもないことのような気がした。そんなことを思いついて実行した武史にも、そのとんでもないからくりをあっさりと見抜いてしまった圭介にも、私はつくづく呆れていた。

もしかしたら、世の中にできないことなんて何もないのかもしれない。ふと、そんな気さえした。

まったく何て人たちだろう？

「西向くサムライ、か」私は低く呟いた。「私はどう頑張ったって、サムライなんかにはなれないのよ。あーあ、男の子に生まれたかったな」

本音だった。本当は、男の子に生まれたかった。皆から呆れられるほどに自信家で、そのくせ恥ずかしくなるくらいロマンティストで。強くて逞しくて頭が良くて、でもやっぱりどこか抜けてて。そしてお人好しなくらいに優しくて。そんな男の子に生まれたかった。

——なんて言うのは、ないものねだりのできない相談だから。

だから……。

「そんなに男がいいかなあ」理解しかねるというように、圭介は首を傾げた。「男なんて割とつまらないもんだぜ？」

私は憤然と顔を上げた。

「勘違いしないで。誰がつまらない男になんかなりたいって言った？　つまんない男になるくらいなら、つまんない女でいた方が百万倍もましよ」

そう言い放つと、圭介は一瞬虚を衝かれたように私を眺め、それから肩をふるわせて笑い出した。

「何がおかしいのよ？」

「そう心外そうな顔をするなよ。別に紗英を馬鹿にしてるわけじゃないんだ。ただ……」圭介は私の前に軽くグラスを持ち上げてみせた。「あまりにも紗英らしいんでさ……らしいって言葉、今でも嫌いか？」

「ううん」私は首を振り、自分のグラスを低く掲げた。

「それって、最高の褒め言葉よ」

5

話し終えて、私は口をつぐんだ。聞き終えた武史も無言だった。

相変わらず風が草を撫でて通り過ぎてゆく。

強風に微動だにしないのも強さなら、わずかな風にもうちひしがれ、再び頭をもたげるのもまた強さだ。ふと、そんなことを考えた。どれだけの年月が流れようと変わらない強さ。反対に、刻々と変わってゆける強さ。

「ね、どうしてあんなことをしたの？」

私は圭介の推測を既定のものとしてそう尋ねた。

「別に意味なんかねえよ」

面倒くさそうに武史は答えた。

「嘘。武史は意味のないことはしないわ。賭けは確かに武史の勝ちだった。あのときのフィルムはどうしたの？」

「ついさっき、捨てた」武史はひょいと黒いフィルムケースを放ってよこした。中身は空だった。「そんな顔をするなよ、本当なんだから。紗英の目の前で、川ん中に沈んでいったろ？」

「あのとき……」

小さく呟く私の脳裏を、黒い小さな影が横切っていった。鋭い弧を描いて飛んでいった黒いつぶて。驚いて飛び立った水鳥たち。川面に残されたわずかな波紋。

「俺は意味のないことはしない。たった今、そう言ったのは、紗英じゃなかったか？　無意味に鳥をおどかしたんじゃなかったってわけさ」

武史はフィルムを誰にも売らなかった。現像すらしなかった。川の底でフィルムは泥に埋もれ、やがて変質し朽ちてゆくだろう。

「……もしかして、私をここへ連れて来た理由は、そのため？」

うなずく代わりに、武史はひょいと肩をすくめた。

「万が一のことを考えて、未だに持ち歩いていたんだけどよ、今日紗英を見かけて考えが変わった。もうあんな物は必要ないってね。だから捨てることにした。あのとき紗英と賭けた品物だから、紗英にも立ち会ってもらうことにした。そういうことだ」

事実はそれ以上でも、以下でもない。そんな、淡々とした口調だった。

「武史。私、やっぱり武史のこと、良くわからないよ。親友だった頃にもわからなかったし、今はもっとわからない。私、ずっと知りたかったのよ。勝ち誇ったり、あざ笑ったりするためじゃなかったのよね。お化け電話のときも、二年前のあのときも。できないことだから、不可能なことだから、やってみたかった。そういうことなんでしょ？」

そこに山があるから、登る。そこに危険があるから、飛び込む。そこに不可能なことがあるから、挑戦する。そんなのは別に英雄でも何でもない。彼らはみんな、自分勝手で傍若無人でわがままだ。

馬鹿馬鹿しくて、危なっかしくて……そして正直言えば、少しだけ羨ましい。

武史はしばらくぼんやりと川面を眺めていたが、やがて言った。

「そんなに深く考えるなよ。ただの、下らないゲームさ」振り返った武史の顔が、かつての悪戯小僧の笑顔と重なった。「なあ、紗英。面白いことを教えてやろうか？　俺、結婚したんだぜ」

これにはまったくふいをつかれた恰好になった。私は素っ頓狂な声を上げた。

「ホント？　いつ？」

「今年の春。笑っちまうだろ？　もっと傑作なことにな、今や二歳の女の子のパパちゃんよ。可愛いぜ」

私は呆気に取られ、まじまじと相手を見やった。思わず指を折りかけた私に、武史は苦笑めいた表情を浮かべた。

「おいおい、頼むから引き算なんかしないでくれよ。こいつははなっから合わねえ計算なんだから」

照れくさそうに笑う武史を見ていて、ぱっと閃くものがあった。

「女の子って言ったよね、武史。ひょっとしてその子の名前、望《のぞみ》ちゃんっていうんじゃないの？」

「……すげえや。よくわかったな、紗英」

心底感嘆したように武史は言った。

「亜希子さんのお腹にいた子でしょ？　希望に次ぐものは、望み。そうよね」

——この子は希望に次ぐもの、よ。

あのとき彼女はそう言った。

亜希子の亜という字には、何かに次ぐもの、という意味がある。亜希子の希は希望の希。続くものは、望みだ。

「ほんとに、紗英はすげえよ。ガキの頃からずっとそう思っていたよ。紗英はすげえって。俺、知ってるんだぜ。なんで紗英が中学に入った頃から急に俺から離れちまったか。一人でどんなに悔しい思いをしてたか。俺、馬鹿だからさ、最初はちっとも気がつかなかったし、マジで嫌われたのかと思ったよ。だけどそういうことじゃ、なかったんだろ?」

どきりとした。

「ごめん。私あの頃、どうにもならないことに拗ねてたのよ」

武史は屈託のない笑顔を見せた。

「紗英は強いよな。そこらの男なんか、比べものにならないくらい、強いよ」

顔が熱くなっていた。泣きたいような、笑いたいような、おかしな気分だった。私は川面を見つめながら言った。

「亜希子さんだって強いわ」

「ああ、そうだな。去年のことだけどさ、俺がしょうもない奴らと関わり合いになっちまって、血だらけになってあいつんとこに逃げ込んだことがあるんだ。ほんと言うとな、この前歯もそんときやられた。そりゃ、見られたもんじゃなかったぜ。なのにあいつ、まるでびびらなかった。くそ度胸の据わった女だよ。俺はどうやら、強い女が好きらしい」

「そりゃそうでしょ」私はおどけて片目をつぶった。「近頃のいい女ってのは、強い女のことなのよ」

「確かにな」

武史はにやりと笑い、傍らの小石をつかんで勢いよく放った。

石つぶてはぐんぐんその軌跡を伸ばしてゆく。宙を横切る黒い影と、同じスピードで水面を滑る影とは、まるでつがいの鳥のようにぴったりと寄り添い、それから二つの影は互いを抱き取るように、すぽんと水面に消えた。

ほんのわずかなしぶきが上がり、かすかな波紋が残った。そして一瞬後には、水面は鏡のようになめらかになった。

沈む夕陽の最後の光が、岸辺のススキやセイタカアワダチソウを、息を呑むほどの色彩に染め上げている。河原はまるでプロミネンスの燃え立つ炎だ。

「よお、紗英」穏やかに、武史が言った。「来年の春にはさ、ここにもまた昔みたいな菜の花が咲くのかな?」

私はそっとうなずいた。

「ええ、きっとね」

東の空には青白い月が、淡くほのかに輝いている。

五

❖ エッグ・スタンド ❖

Egg Stand

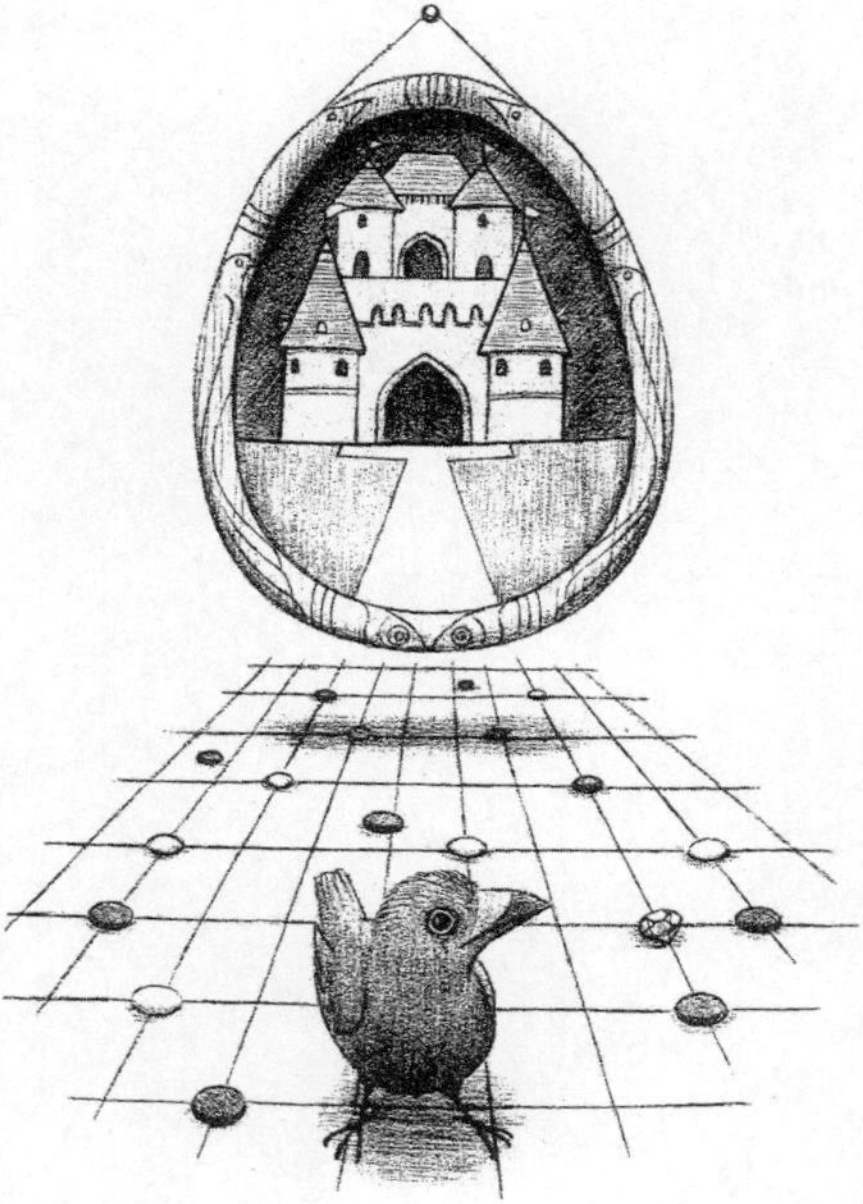

1

紗英と出会って間もない頃のことだ。なだらかなスロープを上るようにゆっくりと、春が夏に変わろうとする頃。不思議と風景を明るくする雨が、静かに街を湿らせていた。

並んで歩いていた紗英がふいに屈み込み、そっと何かを拾い上げた。そして僕を振り返り、かすかな、しかしどきりとするほど愛らしい微笑を浮かべた。彼女の手の中にあったのは、小さな長靴だった。しっとりと濡れたそれは、鮮やかなレモン色に輝いている。抱っこされた幼児の足から、するりと抜け落ちたものだろう。紗英はもう一度ふわりとした笑顔を浮かべ、片方だけの長靴を、そっと傍らの郵便ポストの上に載せた。そのまま立てずにわざわざ逆さまに置いたのは、中に水が溜まらないための配慮だったのだと、数歩歩いてから気づいた。

僕らはそのまま会話を続けた。とりたてて何かがあったというほどのことでもなかった。紗英は彼女の常識の範囲内で、ごく自然に振る舞っただけだ。そんなささやかな出来事など、一瞬後にはもう忘れ去っていただろう。ごく何でもない、当たり前の日常茶飯事。

だが僕の頭の中にはずいぶん長いこと、あの子供用の長靴が眩く輝いていた。真っ赤なポストの上に載せられた、大きさも色も新鮮なレモンに似たあの靴。雨傘が軽やかに回転するくるくると。真っ赤なパレットの上に絞り出された、鮮やかな黄色い絵の具。

（……レモン・イエロー、シトロン・イエロー、イエロー・オーカー……）どこか遠いところで声がする。歌うような、優しいアルト。（カドミウム・イエローに、オーレオリン……）

自分なら――あのとき疼《うず》くような思いが僕の胸をよぎっていた。たとえ道に落ちている子供の靴を見かけても、人に踏まれないところに置いてやろうなんて夢にも思うまい。紗英の行為が人間として、ごく当たり前のことに過ぎないと、知っているにも拘らず。

自分に何か大切なものが欠けているのではないかという思いは、子供の頃からつきまとって離れなかった。自分を好きになることは、僕にはひどく難しかった。

眠れない冬の夜は始末が悪い。沼の底から立ち上がってくるあぶくのように、次から次へと様々な思いが浮かんでは消える。散漫な思考は次第に方向性を帯び、後ろめたい味のする記憶ばかりをどこからか引っ張り出してくる。

例えば紗英と出会う直前に、容子にかけた一本の電話。僕はあの電話で、彼女に対して心のどこかで繋がっていた思いを、ぷつりと断ち切ったのだ。遠い国の陰惨な現実を告げる報道番組を、ごく無造作なリモコン操作で部屋から追い出してしまうように。

あのとき他に何ができたのかはわからない。たぶんいくらでも、そしていくらかでもましな方法はあったのだろう。ただ、それを見いだすことができなかった。歩道に落ちている長靴が、僕には目に入りすらしなかったのと同様に。

昔、近所にミチルちゃんという女の子が住んでいた。今にして思えば、メーテルリンクの『青い鳥』からとった名なのかもしれない。姓は田中だか鈴木だか、とにかくごくありふれた名前だった。顔だってろくに覚えていやしない。記憶に残っていたのはいくつかのエピソードと、彼女の名に接続された、いささか不名誉な接頭語くらいのものだ。

嘘つきミチル――いかにも子供らしい直截《ちょくせつ》さと遠慮のなさで、そんなふうに彼女は呼ばれていた。

彼女が虚言癖の持ち主だったこと。それを無邪気な子供の空想と呼ぶには、いささか度の過ぎるきらいがあったこと。それは紛れもない事実だった。当人の言葉によれば、彼女の日常は実にドラマティックで波瀾万丈な出来事に満ち溢れていた。たかだか十年ばかりのその人生で、日本の各地はおろか世界中を旅行したことがあり、その先々では何度も命を落としかけ、その度に〈奇蹟的に〉助かったのだというエピソードを、ざっと一ダースくらいは持っていた。またその時々により、彼女の父親は豪華客船の船長だったり有名な画家だったり大会社の社長だったりしたし、母親はバレリーナだったり女優だったりピアニストだったりと、実に目まぐるしくその職業を変えていた。それだけ華やかな両親を持ちながら、みすぼらしい賃貸アパートに住んでいる理由を、「今、大きなお家を建てているところなの」と澄まして説明していた。

もちろん、誰一人そんなことは信じていなかった――おそらくは当の本人でさえ。

ただ困ったことに、ミチルは奇妙に魅力的な少女だった。彼女の話しぶりにはよどみがなく、具体性があり、説得力に富んでいた。その物語には常にわくわくするような装飾が施され、そのあまりのきらびやかさに聞き手は一種の幻惑状態に陥るのだ。以前に聞いた話との明らかな矛盾点などは、取るに足らない瑣末な事柄に思えてしまう。ぽかんと口を開けて話を聞き終え、やがて間が抜けているほど時間が経ってから叫ぶのだ。

「また嘘つきミチルの嘘っ話だ」

僕自身に関していえば、一度としてこの風変わりで困った少女の魔力にからめ捕られることはなかった。冷静に聞きさえすれば、これほどに馬鹿げた話もなかったのだ。もっともこれは、僕がいかに可愛げのない子供であったかを示す事実にほかならない。皆が半信半疑ながらも熱心にミチルの話に耳を傾けるなか、僕はいつも少し離れたところから、冷めた目で彼らを見物していた。ごくたまに語り手と目が合ってしまうことがあり、そんなとき、ミチルはちらりときまり悪げな表情を浮かべるのが常だった。

こんなことがあった。

ミチルはいつもの陶酔したような口調で、お城を見たのだと言い出した。またか……というのがそのときの僕の感想だったし、その場にいた子供たちも大なり小なりが、同様の思いであったろう。それでも「へえ、どこで?」とすかさず聞いてやる気のいい子供も中にはいた。ミチルは上機嫌でこう答えた。

「かぶと森の向こうっ側」

〈かぶと森〉というのは当時近所にあった雑木林のことで、むろんそれは子供たちの間でのみ通用する呼び名だった。本来なら子供にとって絶好の遊び場となり得るはずのその場所は、頑丈な鉄条網で取り囲まれ、子供どころか犬一匹入り込めないようになっていた。私有地なのである。

他の場所ならばともかく、この立入禁止区域の向こう側に何かがあるという考えは、奇妙に皆を納得させる力を持っていた。なるほど、かぶと森の向こうなら、何かがあってもおかしくない……。その何かというのが、お城であってなぜいけない？

たぶん、誰もがそんなふうに考えたのだ。

ミチルの見たというお城を探しに行く探検隊が即座に組織されたのも、必然の成り行きと言えた。

だが、問題の地にたどり着くためには、相当な距離を行かねばならなかった。冷たい風、無意味に過ぎてゆく時間、空腹、刻々と迫る夕暮れ……そのどれもが、にわか探検隊の意気をわずかずつではあるが、確実に削り取っていった。どんなに歩いても、そしてどんなに探しても、お城は一向に見つからなかった。僕は黙って、ミチルの思いつめたような横顔をずっと眺めていた。彼女の顔色が次第に絶望に塗り込められていくのを、何の感情もなく眺めていた。

思い出すと、胸がちりちりと痛む。

お城はついに見つからなかった。見つかるわけがない。そんなものは最初から存在していないのだから。かねてからその町を幾度も訪れていた僕は、誰よりもそのことをよく知っていた。知っていながら、傍観していた。だんだん夕闇の色に染まっていく風を。次第に不信と怒りをあらわにしていく友人たちを。そして、泣き出しそうに歪んだミチルの顔を。僕は、ただじっと眺めていた。

——冬の夜は長い。仰臥したまま、眠れずに過ごす夜はとりわけ長い。凍てついた闇の底面を、息をひそめて凝視する自分がいる。真夜中にねぐらに帰ってきた誰かが、何度もハンドルを切り返し、狭苦しい駐車スペースに自分の車を押し込もうとしている。カーテンの隙間からヘッドライトの光が差し込む。夜の中で、物の影が躍る。エンジンが不機嫌に唸る音。カーステレオから溢れ出す、馬鹿馬鹿しいくらいに陽気で、傍若無人なまでに姦《かしま》しい音楽。ドアを閉める音。キーをちゃらちゃらさせる音。砂利を踏みしめる音。

そして静寂が取り残される。

長い冬の夜。百の思考を呑み込んで、夜明けまではまだ遠い。

2

「あら、今夜はお一人なの？　珍しいじゃない」

〈エッグ・スタンド〉のドアが背後で閉じた瞬間、カウンターの中から泉さんが言った。珍しく、他の客の姿は見当たらない。

僕は「ええ」と「まあ」の中間のような曖昧な相槌を打ちながら、コートを脱いだ。店の中は暖かく、カウンターの中央に置かれた花瓶には早咲きの梅が生けてあった。白いあぶくのような花だと、ふと思う。

「それ、素敵なネクタイね。よく似合うわよ」

泉さんに服装を褒められるのは珍しい。どうもと返して、背の高い椅子に腰掛けた。

「何だか元気がないわねえ。さては浮気でもして、紗英ちゃんに愛想を尽かされたわね」

妙に嬉しそうにそう断言する泉さんに、僕は苦笑して肩をすくめてみせた。

「たまには一人で飲みたいことだってありますよ」

「男の子ですものね、そりゃ、色々あるわよね」

泉さんはやや人の悪い笑みを浮かべた。男の〈子〉はないだろうと内心思ったが、年上の女性にはなるべく逆らわないようにしている。僕は再び苦笑し、エッグ・ノッグを注文した。

「ホットで？」

「もちろん。砂糖は少なめに、ブランデーはたっぷり」

相手は〈おやおや〉というように笑い、専用のミルクパンを火にかけた。やがてミルクの甘い湯気が漂い始め、独り言のようにバーテンダーは言った。

「そうね、こんな寒い夜には、ホット・エッグ・ノッグは最高ね。体が芯からあったまるもの。

ホワイト・ラムにブランデー、ミルクに卵の黄身でしょ、それからお砂糖とナツメグを少々」

レシピの材料を並べるとき、彼女はいつも幸せそうな顔になる。何種類もの酒とプラスアルファの材料が、泉さんの腕ひとつ、匙《さじ》加減ひとつでまったく別なカクテルとなって生まれ変わることが、楽しくってしょうがないらしい。ふと思いついて尋ねてみた。

「ねえ泉さん。〈エッグ・スタンド〉ってどういう意味？」

「タマゴ立てよ」

澄まして彼女は答えた。真面目に言っているんだか、からかっているんだかわからない。たぶん、後者に違いないけれど。

「だからそうじゃなくって、店の名前の由来ですよ。何か意味があるわけでしょう？」

材料をステアしながら、泉さんはくすりと笑った。

「何もコロンブスみたいに乱暴なことをしなくってもね」とろりとした液体に、ナツメグを振り入れて彼女は言った。「圭介さんならご存じでしょう？　卵はもともと、立派に立つ形をしているってことをね」

「ええ、やったことありますよ。集中力のトレーニングになるんだ。要は根気の問題ですね」

「ああ、うざーい」

突然、泉さんが素っ頓狂な声を上げ、驚く僕を尻目ににこりと微笑んだ。「……って、紗英ちゃんなら言うでしょうよ」

「……言いそうですね」

紗英が時折口にするのを、泉さんも耳に留めていたのだろう。辞書には決して載っていないが、うっとうしいとか面倒くさいだとかいう意味を持つらしい。地道な努力なんて大嫌い――そう公言してはばからない紗英なのである。

「集中力に根気。どっちもめんどくさいわ。ねえ圭介さん。人生って、一生懸命卵を立てようとするようなものだと思いませんか？　たった一つの卵だって、なかなか立てられない人だっているし、一人で五つも六つも立てちゃう人だって中にはいるわ」

「それは才能に恵まれているってことですか？」

「そうね、でもそれだけじゃないわ。世の中って結構不公平にできてるから、卵を立てやすい、平らで頑丈なテーブルを最初っから持ってる人と、そうじゃない人とがいるのよ。ハンディキャップレースの重りが、弱い馬にはより重く、なんてこともザラだしね。だから……」泉さんは僕の前に湯気の立つグラスを置いた。「いくらやっても、何度やってもうまくいかない人は、エッグ・スタンドに卵を預けてみてって、そういうつもりでつけた名前なの。ちょっといいでしょう？」

「ズルをして、卵を立てようってわけ？」

僕としてはおどけたつもりだったのだが、泉さんはやや憐れむような目でこちらを見た。

「卑怯とズルとはまったく同じじってわけじゃないわ」

僕は少し黙り込み、それからぽつりとこう答えた。

「素敵」

泉さんが目を丸くするのを確認してから、付け加えた。「……って、紗英なら言うでしょうね」

「……言いそうね、紗英ちゃんなら」

彼女はそう呟き、ぷっと吹き出した。

「泉さんも何か飲まない？　御馳走したいんだ」

二人でひとしきり笑った後、そう申し出た。泉さんは何ともくすぐったそうな——たとえるなら、初めて母の日に息子からカーネーションをもらった母親のような——表情をし、ためらいがちにではあったがうなずいた。

「それじゃ、お言葉に甘えてミリオン・ダラーを作らせていただきますね」

彼女はどこか誇らしげにそのカクテルの名を口にした。

「百万長者か。またずいぶんと即物的なネーミングですね」

「そう思われます？　卵を使うんですよ、このカクテルも。ただし黄身じゃなくって、卵白の方。エッグ・ノッグで使ったのは黄身だけだから、ちょうどいいわ」

「なるほど、合理的だな。一個の卵を二人で分け合うってわけですね」

「なんかエッチっぽくっていいでしょう？」

相手の言葉に、僕は危うく熱い酒にむせそうになった。そんな客の様子にはお構いなく、バーテンダーは魔法のようにてきぱきと材料を揃えていく。

「ホテルオークラのレシピじゃ、卵一個分ってことになっていますけど、それだとちょっと生臭くなって、私の好みじゃないんですよ。ジンをベースに卵白を三分の一個くらいで十分かな。材料をシェーカーに入れて強く振って出来上がり」

間もなく彼女のグラスの中に、白く泡立つ液体が注がれた。

「白い泡はね、夢なんですよ、圭介さん」ひどく厳粛な口調で、泉さんは言った。「夢で目一杯膨らんでいるの。私、このカクテル大好きだわ。東京に出てきて、一山当ててやろうって女の夢がありますもの」

「へえ、泉さんも夢を追って東京に出てきた口だったんですか」

「そうだったんですよ、御多分に漏れず、ね」彼女はくすりと笑い、グラスを目の高さに掲げた。「残念ながら、当初の予定は計画がどんどん狂っていって、見事に弾けちゃいましたけどね」

「……泉さんの夢って、何だったんですか?」

何気ない僕の問いに、彼女はグラスを口許に運ぶ手を止め、それから照れくさそうに笑った。

「ファッションデザイナーになりたかったんですよ、私。それも超一流を夢見てました。もちろん今はこの仕事の方が向いているってわかっていますし、好きですけれどね、とにかくあの頃は何が何でもデザイナーになってやるって、夢中だったわ。同じ夢を見ている仲間もいたしね。あの頃の友達で、見事夢を叶えちゃった人だっているんですよ」

泉さんは、新進デザイナーとして注目を浴び始めている女性の名を口にした。

「……夢があって、その夢が叶って。世の中にはそういう人だっているんですね」

「いたっていいじゃない？」

やや強い口調で彼女は言い、僕はその語調に少し驚いた。

「そりゃね、夢も希望もないよりは、ずっといいに決まっていますよ」

女バーテンダーはじっと僕を見つめ、それからやおらウイスキーのボトルを取り上げた。

「ホット・ウイスキーを作らせてもらうわね。もちろん、圭介さんのおごり。話を聞いてあげるんだから、それくらい当然ですよね」

「話って一体何の？」

面食らって尋ねると、泉さんは何とも人の悪い微笑を浮かべた。

「紗英ちゃんじゃない、別の女の子の話。一人で来られたのは、そのせいなんでしょう？　さあ、聞いてさしあげますから、さっさと白状したらいかが？」

3

すべて物事にきっかけがあるとするならば、冬城《ふゆき》晃一《こういち》の電撃的な婚約宣言こそが、池に投げ込まれた最初の小石だった。彼は僕の年長の従兄であり、本家筋の長男でもある。その跡取り息子が（こともあろうに）水商売の女と一緒になりたいと言い出したのだ。うるさ型の伯父伯母や、厳格そのものの祖父母が揃って眉をしかめたのも、実に予想通りの成り行きではあった。

もっとも彼女の職業については、後でよくよく聞いてみるとエアロビクスのインストラクターということであった。最近ではプールの中で体を動かすアクアビクスとやらも教えているらしく、もしその点を指して水商売だと言っているのだとすれば、これは大したユーモアである。だが、こと僕の親類に対してその種のユーモアを求めるのは、芋畑でパイナップルを探すにも似た不毛な努力かもしれなかった。だらしなく伸ばした髪を真っ茶色に脱色し、秋も深まったというのに小麦色の肌を（それも彼らの考えでは必要以上に）人前にさらし、唇と爪をショッキングピンクに塗りたくったりするような女は、旧弊そのものの価値観を持つ彼らにしてみれば、押し並《な》べて娼婦同然の存在なのである。

やや下世話な興味を抜きにすれば、そうした集団ヒステリーだの偏見だのは、差し当たって僕とは何の関係もない――そう考えて呑気に構えていたのだが、それはどうやら甘かったらしい。

いきなり礼子《れいこ》から電話がかかってきたのは、昨年の秋のことである。晃一の〈婚約発表〉から、数日と経っていなかった。

「圭ちゃん。今度の日曜日、付き合ってくれない？」

それは言葉の上では一応依頼の形を取っていたが、事実上の命令だった。

礼子は晃一と同じく僕の従妹である。晃一にとってはたった一人の妹であり、今回の婚約騒動の中でも、最も大きな障害となるであろうことはほぼ確実だった。いわゆる体育会系で骨太な気性の晃一が、この甘ったれでわがままなお姫様にかかると、途端に軟体動物のごとき情けなさを呈するのである。たとえ親や親類の辛辣極まる非難などは意に介さないとしても、礼子に真っ向から反対されては、晃一としても少々つらいところかもしれなかった。

その礼子だが、一体どういう経路からだか、問題の女性がとある場所に赴くという情報をキャッチし、僕に一緒に行くよう命じたのである。偵察する目と耳は多いほど好ましいということらしかった。

かくして僕は都内でも有数の〈由緒正しさ〉を持つ庭園に足を運ぶ羽目になった。とんだとばっちりである。礼子は自らが指定した待ち合わせの時間に少し遅れて、いともあでやかな振り袖姿で現れた。

「どう、素敵でしょ?」

礼子は見せびらかすように両腕を広げ、ポーズをとってみせた。

「着物が? それとも礼子が?」

からかうようにそう言ってやると、

「どっちも」

と礼子は高慢な姫君のようにつんと顎をそらし、それからくすりと笑った。自分が完璧にきれいだと知っている女の子に特有の、あの癪に障るけれども魅力的な笑顔である。あんな笑い方ができる女性を、僕は他に一人しか知らない。

「ああ、きれいだよ。まるでお人形さんみたいだ」

僕の口調はいささか不真面目だったかもしれないが、言っていることは本心だった。きちんと切り揃えられた前髪の下の、美しいカーヴを描いた眉や切れ長のくっきりとした瞳、すっと通った鼻筋、桜色の唇といった、パーツの一つ一つも全体のバランスも、まるで人形のように整っていて愛らしい。

だが礼子は自分で賛辞を強要した割にそっけなく肩をすくめ、さっさと先に立って歩き出した。

大寄せ茶会などという言葉を聞いて、それが何を意味するのだか即座にわかる男なんて、そう多くはないに違いない。少なくとも僕自身に関して言えば、礼子の口からその単語が飛び出したとき、何を言っているものやら見当もつかなかった。電話口で辛抱強く礼子の話を聞いた結果、ようやくそれが茶道における茶会のことを指しているのだと合点がいった。具体的なことは何ひとつわからないものの、作法やら礼儀やらにひどくやかましいであろうことは想像がつく。面倒くさいなあ、というのが正直な感想だった。

しかしいざ実際に赴くとなると、本屋で『茶会のマナーと心得』なんていう本を買い込んできて事前に勉強してしまうあたり、僕のそつのないところであり度胸のないところでもある。

当日は気持ちのよい秋晴れだった。何やら仰々しい曰くを書き記した看板を横目に、華美を抑えた簡素な造りの門をくぐると、そこは美しく整えられた日本庭園になっていた。左手奥に茶席らしい建物がある。礼子は慣れた足取りで、その横手に回った。そこは水屋と呼ばれる場所だった。茶の湯の楽屋とでもいうべきところと本には載っていたが、確かに雰囲気としてはそんな感じだ。和服の上に白い割烹着やエプロンを着込んだ若い女性たちが大勢、忙しそうに立ち働いている。

「お忙しいところ恐れ入ります。水屋お見舞いでございます」

礼子は上品に挨拶し、知人の名を告げた。なるほど、こういうのを称して〈育ちがいい〉というのだろうか。こうした場での礼子の立ち居振る舞いは、実に見事と言うほかはない。

「太田さんって方、いらっしゃいますか？」

戸口に出てきた女性は水屋に向かって呼びかけたが、返事はなかった。中の一人が、あの方なら今ちょうどお薄《うす》を点《た》てている最中じゃないかしらと言う。それではと礼子は持参した菓子を預け、今度は受付に向かった。小紋姿の女性が二人、こちらが恐縮するほど丁寧なお辞儀で迎えてくれる。茶券を示しつつ礼子がそれとなく尋ね、例の婚約者はまだ受付を済ませていないという情報を得た。

「先にお庭を拝見させていただきますね」

軽い会釈と微笑みを残し、その場を後にする。僕は礼子の影法師みたいに、ひたすら従妹について回るばかりである。

岩と水と植物とをバランスよく配した庭園は美しく、気持ちのいい陽気も手伝ってか大勢の人がのんびりと散策していた。

「あの人……」ふいに礼子が立ち止まり、僕の顔をじっと見つめた。

「さっきから圭ちゃんのこと、見てる」

「え？」

何のことやらわからず、僕は礼子の顔を覗き込んだ。彼女は形の良い眉を、不快げにきゅっとひそめた。

「着物着た女の人。圭ちゃんのことを見てたのよ……もういなくなっちゃったけど」

「へえ。で、美人だった？」

僕はおどけてわざとそんな軽薄なことを尋ねた。礼子はつんとそっぽを向き、「何よ、知らない」と答えた。そのくせ、すぐさま「別に普通だったわよ」と続けるあたり、なるほど女性とは生ける矛盾の固まりだなと思う。

「ねえ、圭ちゃん。圭ちゃんはどうして、一人で東京の会社に行っちゃったりしたの？」

いきなり話題を変えたのは、礼子のいつもの気まぐれなのか、それとも彼女なりの計算によるものなのかは判然としなかった。

「そりゃ、試験を受けて合格したからだよ。大学といっしょでね」

「おじいちゃんの会社に入れば良かったじゃない。お兄ちゃんみたいに」

「お兄ちゃん一人入れば充分だろ？」

「お兄ちゃんは会社の経営者って柄じゃないわ。人はいいけど馬鹿だから」

きついことを真顔で言う。苦笑する僕に、礼子は容赦なく言った。

「圭ちゃんだって馬鹿だけどね。決勝戦から出られるのに、わざわざ予選から始めちゃうんだから……あ、いたわよ、圭ちゃん」礼子の声が低くなった。「あの女だわ、間違いない」

慌ててその視線の先を目で追ったが、それらしい和服の女性は見当たらない。代わりに若い女性が数人群れて、姦しい嬌声を上げながらこちらに歩いてくるのが見えた。揃いも揃って競うように短いスカートを身につけている。すらりと伸びた脚はそれぞれ魅力的かもしれなかったが、落ち着いた趣の日本庭園の中ではまことに異な光景でもあった。

「あの真ん中にいる人よ」

続けて礼子がそうささやくに及んで、ようやく従妹が言っているのが晃一の婚約者のことだと気づいた。もっともそちらが本来の目的である。改めて観察すると、ほほうとジジむさい唸り声のひとつも上げたくなるような、威風堂々たる当世ギャルぶりである。小道に佇んでいた老婦人が、目を剝いて彼女らを見送っている。老婦人の内心をたやすく想像できるだけに、傍観者としては何ともおかしい。

彼女たちは辺りはばかることなく大声で話し、その他愛ない内容は周囲に筒抜けだった。

「あたしさー、こういうのって初めてなのよ。大丈夫かなあ」

さして心配そうでもなく婚約者嬢がそう言えば、

「平気だって。あたしだって初めてだけどさ、確かお茶碗を回すのよね、くるくるって」

「えー、だってそんなことしたら中身こぼれちゃうじゃん」

「馬っ鹿ねえ。横に回すのよ、横」

などなどと、まったくもって騒々しい。バッキンガム宮殿だろうとブルーモスクだろうと、たぶん彼女たちはこの調子で意気揚々と出掛けて行くのだろう。

ミニスカート集団をいったんやり過ごしてから、礼子は僕に目で合図した。いよいよ偵察の始まりということらしい。

頃合いを見計らって再度受付に向かった。被観察者と二人のご友人たちはすでに受付を済ませたらしく、付近には見当たらない。

「先ほど済ませましたので」

礼子が優雅に一礼すると、「懐紙はお持ちですか？」と尋ねられた。持参していなかった僕はそこで懐紙と楊枝をもらい受け、そのまま寄付《よりつき》に案内してもらった。寄付とは寄付待合とも呼ばれ、茶席に入る前に客が待つ部屋のことを指す。中は八畳ほどの広さだった。障子越しに入ってくる陽光で、部屋の中はほんのりと明るい。二人で片隅に陣取り、和服姿の若い女性が運んでくれた煎茶をすすりながら、順番を待つことになった。部屋の中には渋い着物を上品に着こなした老婦人の三人連れが、おっとりした口調で二言三言の言葉を交わしている。そのすぐ隣の三人組とは対照的だった。言うまでもなく、先ほどのお嬢さん方である。彼女たちはカラフルなハンドバッグやスカートの布地と共に、賑やかなおしゃべりの花を青畳の上に振りまいていた。

「あたし友達から色々借りてきたんだけど」と婚約者嬢の連れがハンドバッグから袱紗《ふくさ》や扇子《せんす》を取り出して言った。「扇子なんて何に使うのかしらね。まさかお茶飲みながら扇《あお》ぐわけないし」

実際に広げて、ぱたぱたと扇いでいる。

「借りたついでに聞いてくれれば良かったのに」

「前の人のを見てりゃ、わかるんじゃない」

彼女たちのうきうきとした会話ぶりを、礼子は小馬鹿にしたような表情で見守っている。待っている間にも一人また一人と、客の姿は増えていった。どうやらひとつの寄付にいる人間がそのまま、茶席に通されるシステムであるらしい。人数が一定に達すると障子を閉め切り、後からやってきた客は受付付近か庭園内で時間をつぶすことになる。一席はおおよそ三十分くらいで、その間寄付に通された客はお茶を飲んだり、点心と呼ばれるままごとのような弁当を食べたりしながら待つ。間違っても声高に話したり高笑いしたりしないこと、と本にはあった。なかなかためになる本である。持参していれば婚約者嬢に進呈できたのに、惜しいことをした。

「さっきの人よ」

礼子が僕の袖を引き、耳許でささやいた。山吹色の着物を着た女性が、軽い会釈と共に部屋の反対側の隅に腰を下ろそうとしている。すっとした面立ちの、まだ若い女性だった。紗英と同じか、少し上くらいか。せいぜい不躾にならない程度にちらちらと見やり、記憶を探ってみたのだがまるきり覚えがない。はて、と僕は首を傾げてしまった。

「もしもし、お嬢さん方」ふいに老婦人の一人が、穏やかな口調で女の子たちに言った。部屋の中が急に静かになり、庭園の草木がざわめく音がかすかに聞こえた。

「もう少し静かにお話ししましょうね。お隣ではお点前《てまえ》をしているんですから」

まるで出来の悪い孫娘に言い聞かせるような調子で、注意された方も至って素直に、「はあい」などと答えてぺろりと舌を出した。彼女たちにはいつだって、悪気などはこれっぽっちもないのだ。老婦人は皺の中に溶けそうな笑みを浮かべ、「それからねえ……」と続けた。

「その指輪も、とってもきれいだけど外した方がいいわねえ」

その言葉に改めて観察すると三人とも両手の指に、金色に輝く指輪をいくつもはめていた。

「どうしてですか？」

と一人が尋ね返したのは特に不満があってのことではなく、あくまでも素朴な疑問からであるらしい。

「静かなお茶席で、お茶碗に当たるとカチカチ音がするでしょう？　大切なお茶碗を傷つけたら大変ですしね。本当は腕時計も外した方がいいくらいなんですよ」

それを聞いて僕はそっと腕時計を外してポケットに入れた。礼子がちらりと見てくすりと笑う。礼子自身は最初から、一切の貴金属を身につけていないらしかった。若い女性たちは至って従順に、きらびやかなアクセサリーを外しにかかった。

「うーっ、彼の愛が抜けない」

ぬけぬけとそう呟いたのは、晃一の婚約者嬢である。彼女の左手の薬指には、プラチナの台に見事なカットのダイヤモンドがはめ込まれた指輪が誇らしげに輝いている。

「わあ、それって婚約指輪でしょ？　いくらしたの？」

そういうことをあけすけに尋ねる神経もどうかと思うが、にっと笑って「百五十まんえーん」などと答える方もなかなかどうして率直だ。彼女たちの天真爛漫ぶりは、無神経と無邪気との間を忙しなく行きつ戻りつしている。どちらになるかは結局周囲の人間が決めることなのだろうが、どう分類されたところで彼女たちはてんで意に介さないに違いない。それにしても百五十万円とは。僕は密かなため息をついた。値段で愛情を量れるものでもないだろうが、それにしても晃一ののぼせようがこの一件からもよく知れよう。

「礼子、男の子に指輪をもらったことあるかい？」

傍らの従妹にそうささやくと、礼子は桜色の唇をわずかに尖らせ、怒ったように「内緒」と言った。「圭ちゃんこそ、どうなのよ」

僕は即座に首を振った。

「あるもんか、男から指輪をもらったことなんて」

「馬鹿。女の子にプレゼントしたこと、あるかって聞いてるの」

「さてね、内緒だ」

礼子は露骨に不満そうな顔をしたが、ちょうどそのとき案内の女性がやってきて、茶席の支度が調《ととの》ったことを告げた。礼子と共に立ち上がりかけたとき、強い視線を感じて顔を上げた。部屋の隅に、ふいと顔を背けるあの和服の女性の姿があった。

正式の茶会とは異なり、大勢の人間を招く大寄せ茶会においては席入りも簡略に行うとされる（と例の本にはあった）。だが中高年の女性の中には、あくまで本式に固執する人も多い。入口に座って一礼し、しかる後にじりじりとにじり入るという大仰な席入りを、僕は半ば呆れ、半ば感心しながら眺めていた。一方で、ミニスカート三人組にはなかなか感銘を与えたらしい。

「そっかー、扇はああやって使うのね」と得心《とくしん》がいった様子である。

正客の座を譲り合う年配の女性を尻目に、若い年代の我々は当たり障りのない中ほどの席に落ち着いた。ふと気づくと、先の和服の女性は末席に端然と正座している。席が静まった頃合いに茶道口《さどうぐち》が開き、ようやく点前が始まる様子であった。

まず生菓子を盛った鉢が、続いて干菓子を盛り合わせた漆器が回された。初心者組の女性陣は慣れない正座のためか、しばらくもじもじと居心地悪そうにしていたが、いよいよセレモニーの開始と見るや、真剣な表情で正客や次客の一挙一動を見守り始めた。懸命に前客の動作を真似ようとしているのが見てとれる。実際、彼女たちの所作は、その場にいた幾人かが密かに案じていたであろうほどには、ひどくなかった。その真面目くさった顔つきには、どこか笑いをこらえているような雰囲気もありはしたが。明らかに、〈厳粛な茶の湯〉という古臭くて目新しいゲームを、彼女たちは心から楽しんでいるのである。まったく人生を楽しむということにかけて、彼女たちほど有能な人種も他にちょっと見当たらない。

「お薄を点てさせていただきます」

ついに和服姿の女性がそう宣言した。深々とお辞儀をし、流れるような所作で点前を始めた。十二人分もの点前をすべてその場で行うのかと思ったら、やはりいくら何でもそれは無理で、次客以下については水屋で点てたらしい茶が次々と運ばれてきた。陰点《かげだて》と呼ばれる、大人数の際の略式である。紅葉を描いた大振りの茶碗の底に、とろりとしたグリーンの液体が細かく泡立っている。正直言って、あまり旨《うま》そうだという感じはしない。

「まずう」

一口飲むなり、あまりにも率直過ぎるそんな感想を口にする客もいたが、それでも万事が実に和やかに進行した。いつの間にやら年齢不詳の老婦人が現れ——ひょっとしたら八十は超えているかもしれない——ひとわたり客を見渡した。

その皺に埋もれた唇には、完璧に作法に則《のっと》っているであろう微笑が絶えずたたえられている。どうやら彼女が、茶会の主人側たる亭主であるらしかった。ひとしきり、亭主と主客との間で何やら現実離れしているほどに上品な挨拶が交わされた。続いて老婦人は実に愛想よく一同に向かい、若い女性が多いので茶席が華やぐといった挨拶をした。

「どうぞお床やお軸をご覧になってくださいませね」

という席主の言葉に、ミニスカートの一人がぷっと吹き出した。どうやら〈お床〉を〈男〉と聞き違えたものらしい。〈お軸〉とは掛け軸のことであり、〈お床〉は言うまでもなく床の間を指す。茶会においては退出時に床や道具類を拝見し、それらを通して亭主と客との心が触れ合い、結びつくのだと本にはあった。なるほど、そんなものかねと思う。

「この実は何の……？」

初老の婦人が、竹製の花器に生けられた花を指して尋ねた。亭主との心の触れ合いとやらを実践しているのは、彼女他数名のみである。相手は得たりというように大きくうなずき、

「ええ、これは山吹の実なんでございますのよ。七重八重花は咲けども山吹の……と和歌でも申しますように、山吹には普通、実は生《な》らないんですけれどもね、この白山吹だけは別ですの。

ほら、こうして小さな実をつけるんですのよ……」

「まあ、白い山吹ですか。それはお珍しい……」

異様にスローモーかつ丁寧な会話である。別世界に迷い込んでしまったような錯覚を覚えつつ、礼子に促されて退出した。先に退出した女性陣の第一声は、「やあん、脚がしびれちゃった」であった。何でもないふりをしている僕などとは違い、彼女らはやはり常に正直である。

礼子はと見ると、さすがと言うべきか顔色ひとつ変えていない。すたすたと歩き出した礼子を、とっとと先に行ってくれ、僕は僕でゆっくり行くよと見送った。

そのとき、おずおずとした口調で呼び止められた。怪訝に思いつつ振り返ると、そこにはあの山吹色の着物の女性が一人佇んでいた。

どなたですか？　とは尋ねにくい雰囲気が何となくあった。彼女はやや期待するような、それでいて何かに怯えているような表情で、数度まばたきをした。が、やがて失望したように視線を床に落とした。

「やっぱりお忘れなんですね」

「申し訳ありません」気まずい思いで僕は軽く頭を下げた。「失礼ですが、どこでお会いしたんでしたっけ？」

「……覚えてらっしゃらないんでしたら、もういいです」

拗ねた子供のように彼女は呟く。焦った僕は慌てて彼女を押し止め、相手の名前を尋ねた。

「うがはら」

とだけ彼女は答え、おそらく僕がよほど怪訝な表情をしたのだろう、くすりと笑いながら付け加えた。「烏っていう字に賀正の賀、それに原っぱ。それで烏賀原。この名前にご記憶は？」

僕はその奇妙な名を慎重にためつすがめつしてみたが、やはり記憶のどこにも残されていなかった。

「ひょっとして、人違いをされてませんか。それだけ、その、珍しいお名前でしたら、まるっきり忘れるなんてこともないと思うんですが」

「いいえ、人違いなんかじゃないわ、冬城圭介さん。でもごめんなさい。烏賀原なんて名前、ご存じのはずはないんですよ。私、姓が変わりましたから」

彼女は左手の握り拳を口許に持っていき、悪戯っぽく微笑んだ。その薬指に銀色に光る華奢な結婚指輪を見つけた僕は、ああなるほどと納得してうなずいた。

「ご結婚前の姓は、なんておっしゃるんですか？」

「それこそお忘れに決まっているわ。すごく平凡な名前だから。私、以前は鈴木っていいましたの」

彼女はくっくと鳩のように笑い、僕は完全にギブアップして肩をすくめた。鈴木という、確かに平凡な姓から思い起こす知人は何人もいたが、その中に彼女はいない。むろん、烏賀原などという珍奇な名にはなおのこと覚えがない。

「降参だ、どこでお会いしたんだか、教えてくださいよ」

「あら、それは駄目。いいの気にしないで。私が勝手に覚えていただけですから」

それじゃ、と彼女は軽く会釈し、そのまま足早に立ち去ってしまった。

一体彼女は何だったんだろう？　首を傾げつつ縁を歩いていくと、何やら寄付の方が騒がしかった。ヒステリックに叫ぶ声と、おろおろと取りなすような声が聞こえる。いずれも女性の声だった。

「泥棒よ、泥棒だわ」

最初に聞き取れた単語がそれだった。声の主はどうやら晃一の許嫁らしい。驚いて入っていくと、彼女が和服の女性に詰め寄る姿があった。僕に気づいた礼子が、ひょいと肩をすくめてみせた。

彼女の説明によると、こともあろうに婚約者嬢のエンゲージリングが、忽然と紛失してしまったのだという。

「ちゃんとハンドバッグに入れて、ここに置いておいたのよ。なのに戻ってきたら失くなっているの。泥棒だわ、泥棒よ」

甲高い声で、彼女は繰り返し訴えている。

「……何だってそんな貴重品を置きっ放しにしといたんだか」

思わず小声でそう呟くと、

「ほんと馬鹿だわ。幸せ惚けにはいい薬よ」

礼子がしごくクールに相槌を打った。

「きついね、礼子も。礼子みたいな小姑がいたら、嫁に来る方も大変だ。あの子に同情するよ」

「嫌ならお嫁になんか、来なきゃいいのよ。馬鹿馬鹿しいったら。私、もう帰るわ」

不快そうに言うなり歩きかける礼子を、僕はそっと制した。

「そういうわけにもいかないんじゃないか？　今帰ったら、指輪を盗んだんじゃないかって疑われるぜ」

礼子はきっと僕をひと睨みし、そのまますとんと畳の上に腰を下ろした。つられたように他の数人も腰を下ろした。婚約者嬢もへたへたと座り込み、両手で顔を覆ってわっとばかりに泣き出した。

「私が馬鹿だったんだわ。どうしよう……彼に何て言ったらいいのよ」

「ほーんと、馬鹿」

という礼子の呟きは、幸い他の人間には聞こえなかったらしい。和服の女性二人が、おろおろと慰めの言葉をかけている。どっちもさっきセレモニーを共にした客の中にはいなかった顔だから、新たに来た客か、それとも寄付の片付けに来た招待側か、どちらかなのだろう。

そのとき突然、奇妙な考えが浮かんだ。座りかけていきなり立ち上がった僕を、礼子は不審そうに見上げた。

「礼子、ちょっとここで待っててくれないか？」

礼子は初めて留守番を命じられた子供のように、ひどく不安そうな面持ちになった。

「なによ、どこ行く気？　いなくなったりしたら、疑われるなんて言っといて」

「僕の潔白は礼子が保証しておいてくれればいいさ。大丈夫、すぐに帰ってくるから」

そう言い残し、僕はそっと建物の外に出た。

何となく、彼女はまだ庭園の中にいるのではないかという気がした。僕の想像が正しければ、いつまでもそんなところにいるはずがないにも拘らず、なぜか彼女は僕を待っているのではないかと思った。そして、何の根拠もないその予想は当たっていた。

茶庭の奥まった場所の、平たい飛び石の上に、その人影はじっと佇んでいた。声をかけるのがはばかられるほど、その後ろ姿は寂しげに見えた。

「……そこから先には行けないよ」

低い声で、僕はそうささやいた。え？　と彼女は振り向いたが、その顔はさして驚いたふうでもなかった。僕は静かに飛び石を伝い、彼女に近づいていった。

「ほら、その先に、小石が置いてあるだろう？　棕櫚縄《しゅろなわ》で十文字に結んである。あれは関守石《せきもりいし》っていうんだ」

「関守石……」

低い声で、相手はその言葉を繰り返した。

「留石とも呼ばれていてね、道しるべのための石さ。〈ここから先へは行かぬこと〉って意味で置いてある。いいかい？　そこから先へは、行っちゃいけないんだよ」

彼女は僕が示した小石を見、それから僕を真っ直ぐに見返した。「大きなお世話よ。自分の行き先くらい、自分で決めるわ」

「たとえその道が、袋小路でも?」

僕は飛び石をひとつ跳び、相手にもう一歩近づいた。同時に、びっくりするほど近くの枝から一羽の小鳥が飛び立った。その羽音に彼女はわずかに顔をしかめ、瞬く間に視界から消えた鳥の行方を追うように首をひねった。

「あっちじゃ今、ちょっとした騒ぎが持ち上がっているよ。百五十万円のダイヤの指輪が、煙みたいに消えちゃったらしい」

視線を戻した相手の顔に、微苦笑が浮かんでいるような気がした。

「……誰かが盗んだとでも?」

「残念だけど、そう考えるよりなさそうだ。持ち主が勘違いしてて、実は他の場所に置いたっていうんじゃない限りね。今さっさと帰ったりしたら疑われやしないかと思って、それで教えにきた」

自分が嘘を言っているなという自覚はあった。そして彼女は今度こそ、間違いなく微笑んだ。ひどく皮肉めいた微笑だった。

「ずいぶんご親切なのね。だけどいなくなったのは私だけじゃないはずよ。あそこには大勢の人たちが出入りしていたから……」

「そうだね、たくさんの人間があの場にいた。君はきっと、こういう茶会には何度も足を運んでいるんだろう?　僕は今日が初めてだったけど、思っていたより悪くなかったな。ちょっと面白いことに気づいたしね」

「面白いこと?」

彼女は小鳥のように首を傾げた。

「ここにいる人間には、二種類しかないってことさ。招く側と招かれる側、もてなす側ともてなされる側。まるで碁石の白石と黒石みたいにね、はっきりと分かれている……だけど今日に限っては、なぜか違ったみたいだった。そのどちらにも属さない人間、別な言い方をすればどちら側にも属する人間が、一人だけいたんだ」僕はもうひとつ、飛び石を伝った。彼女はその場に立ち尽くしたまま、身じろぎもしない。僕は続けた。「その人物はきっと、いろんなことを知っていた。水屋には大勢の人が出入りしているけれど、その一人一人が互いに面識があるとは限らないってこと。寄付が入れ替え制になっていて、わずかな時間だけ無人になるってこと。そして、こういった厳粛な席では、貴重品の管理は却《かえ》って杜撰《ずさん》になりがちだってこと」

客を心からもてなす気持ちと、人を見たら泥棒と思え式の無味乾燥な常識とは、どうしたって両立しない。相手は押し黙ったまま、しかし心持ち眉をひそめるように僕の言葉を聞いていた。

「ひとつだけ言えるのは、その人物はごく自然で、しかも特殊な服装をしてたってことだ。ある場合は白に、また別な場合には黒にもなれる魔法の服……まるでオセロゲームみたいにね。二種類の人間たちのどちら側からもごく自然に見え、決して不審に思われたりしない服装ってのは、一体何だと思う? 仮に盗みを働いている最中に片付けの女性が入ってきても、悠然と構えていれば客に見える。そして万一気の早い客がやってきても、とっさに忙しく立ち働くふりをしさえすれば席主側の人間に見える服。もちろんその魔法は、大寄せ茶会っていう、ごく限られた空間でしか通用しないわけだけど……いや、回りくどい言い方は止そうか。あの場で和服を着ていた人は何人かいた。まず年配のご婦人方だけど、あのくらいの年齢の女性は寄付の後片付けなんて雑用はしないらしいね。出入りしていたのは、若い女性ばかりだった。僕の連れは一応若い女性で、おまけに和服を着ていたけど、ずっと僕と一緒だった。すると、残るのはたった一人だ」

僕は言葉を切り、じっと相手を見やった。彼女の表情はほとんど変わらなかったが、袂から覗いたその手はきつく握りしめられていた。

「そしてあのとき」僕は一呼吸してから続けた。「全員が茶室に入るまでにはずいぶん時間がかかった。あくまでも本式に則ったご婦人方のせいでね。だから、寄付でぐずぐずしていられる時間は、充分過ぎるくらいにあった。皆が席入りに気を取られている中で、最後に茶席に入ってきた人間は一体誰だったろう？」

言葉を切ったとき、地面に淡い影がさした。影はそのまま、飛び石や砂利や庭園の草木を、柔らかな刷毛のようになぞっていく。雲が空を横切る間、空恐ろしくなるような沈黙が流れた。紅く染まった紅葉の葉が一枚、頼りなく風に飛ばされながら二人の間を舞い落ちていった。

「……嘘つきは泥棒の始まりって」長い沈黙の末、相手はふいにそう言った。「やっぱり、そう思った？」

紅い唇に先刻と同じ微苦笑を乗せて、彼女はそっと肩をすくめた。とっさに意味を解しかねていると、相手の顔がかすかに曇った。

「思い出したから、だから追ってきたわけじゃなかったのね……昔の私のフルネームを教えてあげましょうか。子供の頃、鈴木みちるって女の子がいたことを覚えていない?」

僕は虚を衝かれて、目を大きく見開いた。みちる……ミチル……確かに昔、そんな名前の女の子がいた。記憶に残っていたのはいくつかのエピソードと、彼女の名に接続された、いささか不名誉な接頭語……。

「――それとも」彼女は自嘲的な微笑みを浮かべて言った。「嘘つきミチルって言った方が、わかりやすいかしら?」

4

「それで?」僕の前にお代わりのグラスを置きながら、泉さんが先を促した。

「それでって」僕はグラスを傾けながら、曖昧に言葉を濁した。しゃべり続けて渇いた喉に、その液体はかっと熱かった。「それだけですよ。僕にはそれ以上、彼女を追及することはできませんでした。情けない話ですけどね。僕は警官でもなけりゃ、推理小説の中の名探偵でもないんですから。それこそ何の権利も……」

「だから宝石泥棒を見逃してあげたってわけ? ずいぶんお優しいことね」泉さんは口許にや

や皮肉な笑みをたたえながら、僕の言葉を遮った。「大方子供の頃のことが、未だに負い目になっているんでしょう？　だから追及できなかったんだわ」

図星だったから、僕は何も答えなかった。泉さんはくすくす笑い、

「ねえ、圭介さん。あなたひょっとして、自分のことクールな男だなんて思っていない？　大間違いよ、それ」

僕はややむっとして、肩をすくめた。

「僕は自分が……人間として欠陥品なんじゃないかって、よく思いますけどね」

僕の語調はやや荒くなっていたらしかった。泉さんは驚いたように目を見開き、それから軽く吐息をついた。

「ごめんなさい、すっかりお話の腰を折っちゃったみたいね。どうぞ、先を続けて」

＊　　＊　　＊

——それこそ私の、得意中の得意。

というのが、穂村紗英お得意のセリフのひとつである。もともと頭の回転がごく早く、運動神経も抜群にいい彼女のことだから、まず大概のことはそつなくこなすのも事実だ。だが、あまりにも頻繁にこの類のセリフを聞かされる僕にしてみれば、

「……さだめし君の辞書には、謙虚だとか謙遜だとかいう言葉は載っていないんだろうね？」

などと、ついつい皮肉めいた感想を口にしたくなる。対する紗英の返事がふるっていた。

「意外とわかってないのねえ」と心底不思議そうな顔をして見せ、きっぱりとこう断言するのだ。「はっきり言って、謙虚を語らせたら私の右に出る者はいないわよ」

つくづく、紗英には参ってしまう。

だがその紗英にして、決して〈得意中の得意〉とは言わないことが、たったひとつだけあった。

時折、おや？ と思わないでもなかったのだ。上機嫌な紗英のハミングを耳にしたときや、浮かれて歌い出しかけ、ふと口をつぐんだ彼女を目にしたときなどに。それより何より、ただの一度として彼女からカラオケに誘われたことがないという事実に。あの種の店が若干苦手な僕にしてみれば、それはむしろ歓迎すべきことではあったが、紗英を知れば知るほどいかにも不思議でもあった。紗英とカラオケボックスという組み合わせは、乙姫様と龍宮城くらいにぴったりとはまっているように僕には思えたのだ。

だが人間誰しも、ウィークポイントというものを持っている。紗英の場合、それが歌なのだと気づいたのはさほど古いことではない。

「声はね、澄んでてすごくきれいだってみんな褒めてくれるのよ」

なんて自分で言うあたりなどは、なるほどいかにも紗英らしい。ところがその後がどうも歯切れが悪くなる。

「……ただね、何ていうのかなあ、今の歌って難しいのが多いじゃない？ 自分じゃ合ってるって思ってても、そうじゃないことって割とあるみたいだし……」

要するに音程の方に若干難あり、といったところか。紗英にとってはそれが、密かな苦痛であるらしい。僕にしても人の弱点をつついて喜ぶほど悪趣味ではないつもりだから、鼻唄なんかではない、ちゃんとした紗英の歌声を聴くことなんか、金輪際ないものと思っていた。だが、すべて物事の機会なんて、どこでどんなふうに生まれるかわからない。

そもそもは、紗英が新しく習い事を始めたことに端を発している。

実はお菓子作りの教室に通っているのだと、妙に自慢げに打ち明けられたとき、「へえ、紗英がお菓子をねえ。へええ」などといささかくどい驚き方をして、すっかり相手の不興を買ってしまった。子供のようなふくれっ面をしてみせながら、(しかしそれでもいかにも紗英らしく)こう言ったものである。

「私ってチャレンジ精神旺盛なのよね。それでもって、いろんな才能をいっぱい隠し持っているの。圭介も知らない才能をたっくさん、ね」

〈性格そのものが才能〉などという言い方を時折耳にするが、紗英などはまさしくその好例だろう。

話を戻すと、問題のお菓子教室で知り合ったばかりの友達に、結婚披露宴に招待されたのだと紗英に聞かされたとき、僕は別に驚かなかった。なるほど紗英ならそういうこともあるだろう。だが話のついでに紗英がその友達の名を口にしたときには、一瞬自分の耳を疑った。

彼女の名は、鳥賀原みちるといった。

だが、よくよく考えてみれば、同一人物のはずはなかった。たとえどんなにその姓が珍しく、同姓同名の他人である確率がどれほど低かったとしても、僕が知っている鳥賀原みちるであるはずはなかった。彼女はすでに結婚していて、優雅な若奥様になっているのだから。この冬にウェディングベルを鳴らすのは、もう一人の、まったく別の鳥賀原みちるに違いない。偶然は時に、思いがけない悪戯をなすものだから。

それでも僕は紗英にいくつかの当たり障りのない質問をせずにはいられなかった。そうして得たデータは――家族構成だの出身地だのといったことだが――記憶にある〈嘘つきミチル〉のそれとはいちいち食い違っていて、ひとまず妙な安堵感を覚えた。

だが、その安堵感も大して長続きはしなかった。

その日は僕の誕生日だった。紗英はケーキの箱を抱え、得意満面の面持ちでやってきた。聞けば紗英が自分で焼いたのだという。どうやらお菓子の教室に通っていたのはそのためだったらしい。

「フォーチュンケーキっていうのよ、これ」紗英が意気揚々と説明する。「ケーキ生地の中に、ナッツをひとつだけ入れて焼くの。クリスマスなんかにね、ほんとはもっと大人数で食べるんだけど」

「そのナッツが当たった人に、幸運が訪れるってわけか」

「そ。ロシアンルーレットみたいでしょ」

うなずきはしたものの、当たるものがナッツと鉛の弾丸とでは、ずいぶんな違いである。ともあれ早速試食に及んだ最初の一口目に、幸運のアーモンドはあった。

「僕はやたらとついてるらしいぞ。のっけからフォーチュンに出くわしたよ」

もぐもぐやりながらそう報告すると、紗英はにっと笑い、

「残念でした、ここにもひとつ」アーモンドを見せびらかすように、ぺろりと舌を突き出した。

「幸運がひとつっきりなんて、ケチくさいじゃない？　だから袋ごとみんな入れちゃったのよ、どさどさっとね。教室の先生には呆れられたけどね……なあに、圭介も呆れちゃう口？」

最後に紗英がそう尋ねたのも無理はない。そのとき僕はさぞ奇妙な顔をしていただろうから。

だが僕は、紗英の椀飯《おうばん》振る舞いの幸運に呆れ顔を見せたりするほどの唐変木ではないつもりだ。

僕が顔をしかめた原因は他にあった。何か非常に硬いものを――明らかにアーモンドとは別物だ――思い切り噛んでしまったのだ。

「……ちょっと失礼」

そっと洗面所に立ちながら、子供の時分、夕食のハンバーグを食べていて、いきなり乳歯が抜けたときのことを思い出していた。ずいぶん仰天したものである。何しろ自分の歯に噛みつくなんて、生まれて初めての経験だったから。

何はともあれ、紗英に恥をかかせるわけにはいかない。明らかに彼女は、材料のレシピにはない物を誤って混入してしまったのだろう。調味料の蓋だとか調理器具の部品だとか、そういった食用には適さない品物を。

ともあれ問題の異物を口の中から引っ張り出し、その正体を見極めるに及んで、僕は本当に

唖然としてしまった。目の前の鏡の中には、ぽかんと口を開けた僕の間抜け面があった。

紗英が焼いたケーキの中に入っていたのは、幸運の木の実がどっさり。そして大粒のダイヤモンドのはまった、エンゲージリングがひとつ……。


都内にある一流ホテルに、僕が密かに出かけていったのは、翌週の日曜日のことだった。目指す披露宴会場を見つけるのはごくたやすかった。仰々しい観音開きのドアが開け閉《た》てされるたびに、中の様子をそっと窺うのも、そう難しいことではなかった。

「入られます?」

ふいに背後からそう尋ねられ、思わず「ええ」と答えてしまった。見ると僕よりも二つ三つ年上と思われる女性が、柔らかな微笑を浮かべて立っていた。彼女のピンクのニットスーツの胸にぴったりはりつくように、丸々と太った赤ん坊がすやすやと寝息を立てている。僕がドアを腕で支えると、相手はもう一度にこりと笑い、礼を言って中に入った。そのまま彼女にくっついて、僕も何となく会場に入り込んでしまった。彼女は僕のことを、新郎の友人だとでも思ったろうか。

その新郎友人席とおぼしきテーブルには空席が目立つ。新婦友人らしい若い女性たちにしきりに話しかけたりちゃっかり写真を撮ったりしているのが、そのテーブルの面々であるらしかった。酒瓶を持って招待客にお酌して回るのに忙しそうなのは、親族なのだろう。宴たけなわといった雰囲気で、全体にざわざわとしていた。これなら闖入者もさほど目立つまい。

「……それでは続きまして、新婦ご友人でいらっしゃいます穂村紗英さんにお祝いの歌を歌っていただきましょう。曲目は……」

司会の言葉に僕は仰天した。紗英が歌うって？　首を巡らせたその途中で、遠くこちらを見ている二つの瞳に出会い、びくりとした。

正面のテーブルに、白いドレスに身を包み、端然と腰掛けた花嫁がいた。彼女は僕と目が合った瞬間、花が咲きほころぶようなあでやかな笑顔を浮かべた。

『――間違いないわ。お兄ちゃんがあの人に贈った指輪よ。ほら、裏に二人のイニシャルと日付が彫ってあるもの』

数日前の、礼子の言葉を思い出した。彼女は例の指輪を一目見るなりそう断言したのである。誕生日の翌日、近くを通りかかったからと称して遊びに来た従妹に、問題の品の〈鑑定〉を頼んだのだ。

『だけどどうして圭ちゃんがこれを持っているの？』礼子は上目遣いに僕を見やり、魔女のように微笑んだ。『やっぱり、圭ちゃんが盗んでたわけ？』

『やっぱりって何だよ。違うよ、僕が盗んだわけじゃない。これには複雑な事情があるんだよ』

何となく弁明じみた口調になった。その〈複雑な事情〉なるものの詳細は、僕にもわからないのだ。

『とにかく気の毒な君の未来のお義姉様に、これを返す方法を考えなきゃな』

礼子は指輪を左手の薬指にはめ、子猫のような仕種でするりと僕にすり寄った。

『きれいね、これ。別に返す必要ないんじゃない？』

『おいおい、礼子』

軽くたしなめると、礼子は不服げに僕を見上げた。

『だってあの人ったら、散々兄さんに泣きついた挙句、結局もうひとつ買わせたのよ。買ってあげる兄さんも兄さんだわ。信じらんない。パパに借金までしたんだから。ま、今回のことじゃ、兄さんもとんだ失点ね。それでなくても彼女の評判は悪いし。みんな早速ご注進に及んだでしょうから、おじいちゃんもおかんむりよ、きっと』

『だから礼子……』

『この指輪、圭ちゃんから私へのプレゼントってことにしない？』

礼子は僕の言葉を素早く遮り、悪戯っぽい笑みを浮かべた。

『馬鹿言え、それは婚約指輪だぞ』

『私たちが結婚しちゃうってのも、手かもね』礼子は指輪をはめた手を、ひらひら振ってみせた。『私はおじいちゃんの大のお気に入りだし、おじいちゃん、圭ちゃんにはお兄ちゃんなんかよりよっぽど期待してるのよ、知ってた？　きっと親戚もみんな賛成してくれるわ。二人で冬城の家を乗っ取れるかもよ』

僕は呆気に取られて、年少の従妹の顔を見つめた。

『礼子にそんな野心があったなんて、思いもしなかったよ』

僕の言葉に、礼子は声を立てて笑った。

『やだ、本気にしないでよね、冗談なんだから。私、もう帰る。バイバイ』

言うなり立ち上がり、ふわりとしたコートを羽織った。ミンクの縁飾りのついた手袋をはめながら、チャーミングに片目をつぶった。

『指輪は私がうまく返しておくわ。だから安心して』

『サンキュ』

帰りかける礼子に短く礼を言うと、彼女はドア口で僕に背を向けたまま軽く手を振ってみせた。手袋をはめた小さな掌が、〈バイバイ〉の恰好に揺れた。

数日前の従妹とのそんなやり取りを思い起こしながら、なぜ、お茶会の席から忽然と消えた指輪が、誕生日のケーキの中から現れたりしたのだろうと考えた。もちろん、お菓子教室で生地の状態のときに混入されたものだろうし、それが偶然ということはまずあり得ない。極めてオープンな紗英のことだから、ケーキが僕への誕生日プレゼントなのだということはその場で口にしたに違いない。聞かれれば、名前くらいは答えたろう。鳥賀原みちるに関して、僕が紗英にさりげなくいくつかの質問をしたように、彼女は僕に関して無難な質問を試みたかもしれない。そしてケーキが間違いなく僕の許へ届くと確信した彼女は、生地の中に指輪を落とし込んだ……？

しかし彼女はどうしてまた、そんな回りくどいやり方で盗んだ指輪を返してよこしたのだろう？　そしてまた、わずか四か月前には人妻だったはずの女性が、どうして今日この日、披露宴の花嫁となって再び僕の前に現れたのだろう？　どこかに無理があった。何かがおかしかった。僕を前にして、なぜ彼女は平気な顔をしていられる？　どうしてあんなふうに微笑むことができる？

あの笑顔がイミテーションなのか、それとも本物なのか。所詮は僕とは何の関係もないことだ——そう自分を納得させてそっぽを向いてしまうことは、なぜかできなかった。明るい照明を浴びて、常に口許に微笑をたたえた花嫁は、僕にとって不可解な謎そのものだった。まったく世に人間の心ほど——殊に女性の心理ほど——不可思議な存在はあるだろうか？

ふと視線を上げると、スポットライトの中に紗英がいた。ローズピンクのワンピースに身を包み、頰を服地と同じ色に上気させながら歌っている。気っぷのいい彼女のことだから、ぜひにと頼まれて断れなかったのだろう。確かにはらはらさせられる歌いっぷりだったが、あまりにも一生懸命な面持ちだったから、誰一人笑う人間はいなかった。僕は紗英に気づかれないよう、そっと会場を後にした。この場にいたことが知れたら、きっと許しちゃくれないだろうから。会場のドアを閉じながら、僕は心の中で紗英に盛大なエールを贈った。

たとえこの世が虚偽と欺瞞に満ち満ちているにしても——帰る道すがら、僕は考えた。紗英の調子っ外れのラブソングだけは、僕にとって本物であり、真実なのだ、と。

＊　＊　＊

カチリ、とかすかな音がして、小さな火が灯った。泉さんは細身の煙草をくわえ、深々と吸った。煙草の先端が、熾《おき》のように赤く輝く。彼女に喫煙の習慣があることを知らなかった僕は、ただぼんやりとその一連の動作を眺めていた。

「——意外と古いのね。女の煙草は感心しないって顔をしてるわよ」

肺から煙を吐き出しながら、やや皮肉な口調で彼女は言った。

「別にそんなことは……」

ない、と続けようとして、泉さんに遮られた。

「ストップ」煙草を挟んだ指を立てて言う。「嘘をつくくらいなら、黙っていてね」

「……泉さんが煙草を吸うとはちっとも知らなかったから、少し驚いただけです」

肩をすくめる僕の動作を、相手はそっくり真似て返してよこした。

「普段ならお客さんの前では吸わないんですけどね、ちょっと考え事をまとめるのに必要だったの」

「考え事？　どんな？」

「そうですね」泉さんはにこりともせずに言った。「今日のデートで、紗英ちゃんが怒って帰っちゃった理由、とか。あら、とぼけたって駄目よ。ついさっきまで、一緒だったんでしょ？　ちゃんとわかっているんだから」

「……驚いたな。千里眼ですか」

あっさり白状すると、泉さんは点けたばかりの煙草の火をクリスタルの灰皿で揉み消しながら鮮やかに微笑んだ。

「カボシャール……強情っぱりって意味なんだけど、知ってた？　紗英ちゃんがよくつけている香水の名前。さっき圭介さんがコートを脱いだときにね、かすかに香ったの」

強情っぱりとはまた何とぴったりな名の香水を、紗英は身につけているのだろう。おかしなところで僕は感心した。

「泉さんにはかないませんね……確かに紗英は今夜ずっと不機嫌だったし、食事を終えるなりさっさと帰っちゃいましたけど、それは彼女のいつもの気まぐれだと思いますよ」

「わかってないのね。どんなに気まぐれな女の子だって、わけもなく不機嫌になったりはしないわよ。いつだって必ず、何か理由はあるものなの。それがどんなに些細なことでもね」

「だけど僕にはまるで身に覚えがないんですよ」

「ふうん、そう。身に覚えがないの……」泉さんは疑うように目を細め、斜めに僕を見下ろした。「マナーを知ってる女の子なら、他の人からプレゼントされた指輪を彼氏の前で身につけたりはしないわよ。デートのときに、他の女の子からもらったネクタイをしてくるなんて、ルール違反もいいところだわ。たとえその女の子っていうのが、従妹だろうと何だろうとね」

「ちょ、ちょっと待ってくださいよ」僕は唖然として相手の言葉を遮り、自分の胸許を見下ろした。「そりゃ確かにこれは礼子から誕生日プレゼントにってもらったものですけど……それに紗英が気づいていたって？」

「当然」バーテンダーは胸をそらして断言した。「誕生日の次の日に礼子さんがたまたま立ち寄った、なんてわざわざ教えてもらわなくてもね、そういうことは理屈じゃないの」

僕は呆れ果て、しばらく口が利けなかった。

「……女の人って怖いですね。理屈も論理もすっ飛ばして、直感で勝負してくるんだから」

「しかもそれが当たっているときてる?」いささか意地悪い口調で泉さんは言う。「男の賢さと女の賢さって、守備範囲が全然違うのよね。それに男の人って頭がいいようでいて、いつだって大事なことを見落としているわ。一番大切なものは、理屈や論理じゃわからないんだから。一人の女の子が掌の中に、本当は何を握っていたかなんて、あなた一度だって考えてみなかったでしょう?」

「一体何のことを言っているんです?」

面食らう僕に、泉さんは冷やかな視線を投げた。

「圭介さんには絶対にわかりっこないでしょうね、悪いけど。何しろダイヤモンドの盗難事件に関して、一番肝心なことをわかっていないんですもの」

「……犯人は彼女じゃなかったっていうんですか?」

長い沈黙の末、ようやく僕はそう尋ねた。ところが相手はあっさり首を振って言う。

「いいえ、盗んだのは間違いなくみちるさんでしょうよ」

「それじゃ、盗んだ方法が、僕の考えとは違っていたわけですか?」

「その点に関しても、圭介さんは正しかったと思うわ。今までずっと正しかったようにね」

「じゃあ何が違っていたっていうんですか」

僕の語気は、やや荒くなっていたかもしれない。泉さんはおやおやというように肩をすくめた。

「なぜあのとき、みちるさんはダイヤの指輪を盗らなきゃならなかったか。そのことを、あなたまるで考えようとしなかったわ」

僕は虚を衝かれてまばたきをした。

「……百五十万円のダイヤモンドを盗むのに、改めて考えるほどの動機がいるとは思えませんけどね」

「それじゃ、なぜ問題の指輪だけが盗まれたかも、考える余地のないこと？　女の子たちはそれぞれ、両手にいくつもの指輪をつけていたわ。中には高価な物もあったでしょうよ。だけど狙われたのはたったひとつだけだった。もちろん、一番高価な物だからっていう考え方もできるわね。でも……」

「理由は他にあるとでも？」

「ええ、その通りよ。たくさんあった指輪の中で、わざわざひとつを選んだ理由は、それが唯一のプラチナの指輪だったからなの」

「プラチナだと、何がどう変わるんですか？」

そう尋ねると、泉さんは焦れたように首を振り、右手の甲を僕の鼻先に突き出した。そのほっそりした中指には、濃いブルーの宝石がきらめいている。彼女はその青い石をゆっくりと手の内側に回した。やがて石はすっかり見えなくなり、目の前にはシンプルな金の輪だけが残った。

「何に見える？」

「……指輪ですね」

僕の返事に、相手はちらりと苦笑の色を浮かべた。

「もしこれが薬指で、しかもプラチナだったら？」

一瞬の間を置き、あっと声を上げかける僕を制するように、泉さんは軽く人指し指を立てた。

「みちるさんが必要としていたのは、エンゲージリングじゃなくて、マリッジリングだったのよ。ダイヤモンドなんて、本当は余計だった。だから仕方なく、石を手の内側に回して代用したってわけ。もしあの場に結婚指輪があれば、彼女はためらいなくそれを盗っていたでしょうね」

「……じゃあ自分が結婚していると思わせたいためだけに、盗みをしたっていうんですか？」

呆れ果てて僕は叫んだ。「まさかそんな馬鹿げたことって……」

「馬鹿げてないわ、女には」

ごく静かに、泉さんは答えた。

「じゃあ、泉さんには理解できるっていうんですか？」

「私とその子では生き方も価値観もまるで違うみたいだけど、でも理解することはできるわ、女だから。あなたはクールな観察力と、見たものを正しく組み立てることのできる頭の良さを持っているわ。だけど時々、一番大事なことが見えなくなってしまうのね。圭介さんがお茶会でたどり着いた結論、それは間違いなく真実なんでしょうよ。だけどそれは、事実のほんの側面でしかないの。ダイヤモンドにたくさんのカットが施されているように、事実にも様々な面があるわ。あなたには彼女の手の中まで見通すことはできなかったし、彼女が掌に本当は何を握っていたか、まるで考えてみようともしなかった……〈嘘つきミチル〉がどうして嘘をつき続けたのかなんてこと、圭介さんにはきっと、考える必要もなければ知る価値もないことなんでしょうね」

僕は眠れなかった夜の、疼くような胸の痛みを思い出した。泣き出しそうに歪んだ、みちるの顔。嘘ばかりついていた少女。だが結果として失った信用も、浴びせられた嘲笑も、すべて責任は彼女自身にあるではないか？

「……僕には彼女という人間が理解できませんでした。子供の頃も、それから今も」

「でしょうね。人がどうして嘘をつくかなんてこと、本当に理解するなんてたぶんできないわ。でもね、少なくとも嘘をついたのが女なら、少しはわかる気がするのよ。例えばそうね、鏡に映った自分の容姿が気に入らなかったら、女はどうすると思う？」

「さあ……？」

「ほんのわずかな、ごく幸せな例外を除いてね、大抵の女は鏡に映った自分の顔に満足なんかしていないわ。もう少し目が大きかったら、くっきりとした二重瞼だったら、鼻がすっきりと高かったら、もっとスタイルが良ければ……不満の種はいくらだってあるわ。だからほんの少しでも自分を実物よりもきれいに見せるために、女はお化粧をするの。いろんな服を取っかえ引っかえ着てみたりするの。いろんな髪形を試したり、エステに通ったりするの。そういう虚栄心は無邪気で可愛らしくて、少し哀しいわ」

「何となく、わかるような気もします」

泉さんはさあどうかしら、というような顔をした。

「話を戻すとね、〈嘘つきミチル〉は、山のような嘘をつかなきゃならなかったの。こうありたいという自分と、現実の自分とにあまりに隔たりがあり過ぎたから。その大きな空間を、嘘で埋めていかなければならなかった。自分のおしゃべりを嘘で飾って、みんなに語り聞かせることで初めて、夢っていう名前の甘いお菓子を味わうことができたの。嘘は彼女にとって、夢と同義語だったのよ」

「夢、ですか」

僕は気の抜けたビールみたいな、間の抜けた相槌を打った。

「きれいな服が着たい、美味しいものを食べたい、お屋敷みたいな家に住みたい、世界中を旅行したい、両親は華やかな職業でいてほしい、みんなから一目置かれたい、ちやほやされたい。平凡な一少女にはそれこそ夢みたいなそんな話が、彼女には切実に必要だったの。それが彼女の現実とかけ離れていればいるほどね……」

「お城の話はどうなんです？　お城なんてどこにもないのに、なぜ彼女はあんなことを言ったんです？」

「いいえ、お城はあったのよ」泉さんは奇妙な顔で僕を見た。「さっきも言ったでしょ？　どんなに気まぐれな女の子だって、理由もなく不機嫌になったりはしないって。どんなに嘘つきな女の子だって、まるっきりのゼロから話を作ることはしないのよ」

「だけどあの街はただの住宅街ですよ。お城はもちろん、少しでもお城に見えるような建物だって、なかったんですから」

「お城はあったのよ。圭介さんの名字の中にね。冬城――冬の城だわ……たぶん彼女はその街であなたを見かけて、それでそんな連想が働いたのね」

そう言って、彼女はくすりと笑った。何もかも見通したような泉さんの話しぶりに、僕はかすかな反発を覚えた。それでいて、それは鏡に向かってしかめっ面をするにも等しいことなのだと、心のどこかでは充分に承知していた。

「……だけど彼女は今も嘘をつき続けているんですよ。烏賀原みちるが紗英に聞かせた身上話は嘘ばっかりだったんですよ。出身地や家族構成や親の職業や……僕の知っている事実とはことごとく違っていた。どこかにまったく別の烏賀原みちるがいるんじゃないかって思ったくらいですよ。だからケーキから指輪が飛び出したとき、僕は訳がわからなくなった……一体どんな理由があって、彼女は周り中にそんな嘘をついているんです？　泉さんにはわかるっていうんですか？」

「わかるわ、彼女は嘘なんかついていないってことが」

面食らう僕の前に、泉さんはミネラルウォーターのグラスを置いてくれた。

「ちょっと頭を冷ました方がいいみたいね、ずいぶん熱くなってるみたいだから。どうしたの？　圭介さんらしくないわ。話は逆なのよ、引っ繰り返した指輪と一緒でね。いい？　みちるさんの結婚指輪はインチキだったのよ。つまり結婚なんかしていなかったし、その予定もなかった……少なくとも、去年の秋の時点ではね」

「じゃあ姓が変わっていたのはどうしてですか？」

「人の名字が変わるのは、何も結婚によってだけじゃないでしょう。ご両親が離婚したのか、それとも他に何か複雑な事情があるのか、それはわからないけど、ある人間の姓や家族構成が変わったりするのは、大して珍しいことじゃないのよ、圭介さん。私はたくさん、そういう話を知っているわ。みちるさんは久しぶりに会ったあなたに、そんなごたごたした説明なんかしたくなかったの。可哀相だと思われたくなかった。幸せに暮らしているんだと思ってほしかった。彼女にとって幸福っていうのは、イコール社会的地位の高い男性との結婚だったのは、間違いないでしょうね」

僕は思わず嘆息した。

「今や彼女はその夢を叶えたってわけですか。だからあんな方法で、指輪を返してきたんですね」

「いつかの幸せはイミテーションだったけど、今度のは本物よ、と。そう誇示せずにはいられなかった。そういう虚栄心は無邪気で可愛らしくて、少し哀しいと、泉さんは言った。確かに哀しい。もしそこに、ひとかけらの罪悪感も含まれていないのだとしたら。

「夢っていうのはカクテルの卵白と一緒でね」僕の内心を見透かしたように、泉さんは言葉を継いだ。「多過ぎると生臭くなるわ。嫉妬だとか欲望だとか、そういった要素が入り込んでくるから。さっき私の友達で、見事夢を叶えちゃった人がいるって言ったでしょ？　その話を初めて聞いたときには、正直言って内心穏やかじゃなかったわ。途中で諦めさえしなければ、その成功は私のものだったかもしれないって思うとね、悔しかった。そんなことを考えること自体、今までの自分の全面否定に繋がりかねないのにね。身近な人の成功は、よくない夢を見させるものなの。わかるでしょ？」

「……何となく」

「圭介さんのご親戚は、どうやら資産家らしいわね。その一人息子との結婚は、いわゆる玉の輿ってやつかしら。同じ女として、みちるさんが晃一さんの婚約者にいい感情を抱いたとは思えないわね。もちろん指輪を盗んだ一番の動機は、圭介さんとの再会にあるわけだけど。正確には、見るからに育ちのいいきれいなお嬢様と一緒にいる圭介さんとのね」

確かに礼子はごく平凡な普通の女性たちのコンプレックスを、いたずらに刺激しそうな存在ではある。お菓子教室で紗英と知り合い、僕と付き合っているらしいことを知って、さて烏賀原みちるはどんな感想を抱いただろうか？

「……彼女はどうして僕に、つまらない見栄を張ったりしたんでしょうね。黙ってさえいれば、僕は彼女に気づきもしなかっただろうに」

「気づいてほしかったんでしょうよ。ひょっとしたらみちるさんは、礼子さんに嫉妬していたのかもしれない。もしかすると彼女は、ずっと圭介さんのことが好きだったのかもしれない。反対に、怖がっていたのかもしれないけど。人の心のことは結局、第三者にはわからないのよ。

でも私、よく思うんだけど……」泉さんはふいに開いたドアの方にそっと会釈しながら言った。「人間って複雑で、そしてわからないから面白いのよ。そう思わない？」

僕はそっとうなずいた。おぼろな記憶の中の嘘つき少女、みちる。彼女の嘘はどうしてあんなにもきらびやかで、極彩色に彩られていたのだろう？　僕自身、彼女の紡ぎ出す夢に、実は強く惹かれていたのではなかったか？　きらきら光る白い石に、はかなく消える白い泡。そして卵の泡で膨らんだ、ふんわりと甘い菓子。

何かになりたかった人。何かになれなかった人。どんなに努力しても、どんなに望んでも、卵を立てることができなかった人たち。

たとえインチキでも、エッグ・スタンドで卵を立てられるなら、それで幸福が得られるなら、それはそれで正しいのかもしれない。紗英も言っていた。幸運がひとつっきりだなんて、ケチくさいじゃない？　と。みんなに行き渡るだけの幸運があるのなら、その方がいいに決まってるのだ。

——手の中の小鳥は生きている？　それとも死んでいる？

ふいに頭の中で、紗英の声がそう言った。

それは紗英と初めて会った夜、僕が紗英に語った挿話の中の言葉だった。手の中の小鳥は生きているか、死んでいるか？　手の中の碁石は黒か、それとも白か？

『あなたの手の中には何にもないかもしれないし、逆に何だってあるかもしれない。小鳥はもし、白かもしれない。それとも、もっと他の色かもね』

紗英の声は口早にそう言い、最後に誇らかにこう断言した。

『あなたがどんな人間なのか、決めるのはあなた自身なのよ』と。

──そうか、そうだよな、紗英。

そう僕は、心の中で呟いたつもりだった。だが思った以上に酔いが回っていたらしい。その呟きはいささか大きな独り言になって、僕の口から漏れていた。そうと気づいたのは、ふと人の気配を感じて振り向いた目と鼻の先に、白髪頭の小柄な老人がいて、にやにや笑いながらこう言ったからである。

「いけませんねえ、私が紗英ちゃんに見えるようじゃ、相当酔っぱらっていますよ。そろそろ帰った方が良さそうですな」

「なんだ、先生ですか」何が可笑しいというわけでもなく、僕はへらへらと笑った。「どうしたんですか？　今夜はずいぶんと遅かったじゃないですか」

「いやそれがですね、ここへ来る途中、偶然にも紗英ちゃんにばったり出くわしましてね、二人で仲良くお茶を飲んでいたんですよ。世間話などしながらね」

「いつの話です？」僕は飛び上がるように立ち上がった。「紗英はまだ近くにいるんですか？」

先生は小さな目を細めて笑い、そのくせ人を喰ったような口ぶりで言った。

「さあ、ひょっとしたらもう駅に着いたかもしれんですなあ。腹を立てた女の人の足は、滅法速いもんですから」

「お勘定は今度でいいから、さっさと追いかけて、謝ることね」僕のコートを取ってくれながら、泉さんが言った。「二人の女の子に夢中になっちゃってる男って、はっきり言って見苦しいけど、でも私、そういうの嫌いじゃないわよ」

僕は二人に向かって何か言いかけたが、言葉が見つからなかったから黙って片手を上げた。先生はにこにこと手を振り、泉さんはぐいと顎を上げ、僕を〈エッグ・スタンド〉から送り出してくれた。

外の寒気が僕の酔いをいっぺんに醒ましてくれた。季節外れのイルミネーションを灯した街路樹が、次々と僕の傍らを通り過ぎて行く。きらびやかで透明で冷たい冬の夜。雑踏の中を走るのは、思いのほか気持ちがいい。

やがて遠く前方に、真っ赤なコートの後ろ姿が見えてきた。夜の中で、まるで燐火みたいに見える。僕の足音が近づくにつれて歩みが遅くなり、あと五メートルという地点でその人影はぴたりと立ち止まった。そのまま両手をポケットに突っ込み、空を見上げるような恰好をしている。頭上には冬の星座が、宝石をばらまいたように輝いていた。

「紗英」

僕は短く、相手の名を呼んだ。紗英は同じ姿勢を保ったまま、振り向きもしない。僕は乱れた呼吸を整えながら、ゆっくりと近づいていった。それからそっと、彼女の肩に右手を置いた。

「紗英、ごめん」

低い声でそう言うと、紗英はくるりと振り向き、拗ねたように口を尖らせながら僕を見上げた。

「私ね、今度、お休みをとってタイに行くのよね」

いつもながら唐突に、思いがけないことを言う。

「……へえ、そりゃいいね」

面食らいながらそう答えると、紗英の顔がぐいと近づいてきた。

「タイといえば、タイシルクよね。ねえ、何本欲しい？」

「何の話さ？」

「お土産よ。タイシルクのネクタイ、買ってきてあげる。いくらでも買ってきてあげる。十本でも、二十本でも。好きなだけ、買ってきてあげるから、だから……」

「だから？」

「他の子からもらったネクタイなんて、もう絶対にしないで」

傍らの車道を、赤いテールランプが次々と走り抜けて行った。紗英の顔は披露宴のときと同じく、微笑ましいほどに真剣そのものだ。

やきもちひとつやいてくれるのでさえ、彼女はこんなにもストレートだ。まるで直球のスピードボール一本で勝負する投手みたいに。だから僕はくすぐったいような嬉しいような、そして何だか申し訳ないような気になってくる。

「……このネクタイは従妹からのプレゼントで、彼女は僕にとって妹みたいなもので、だから紗英が思っているようなことは全然……」

そこまで言ってから、僕は礼子の後ろ手の〈バイバイ〉を思い出した。チャーミングではあったが礼子にはおよそ不似合いな、とってつけたようなウィンクを思い出した。

僕が懸命に並べ立てる言葉だの理屈だのの、何とつまらなく空疎なことだろう？

紗英は正しい。いつだって正しい。しかも女性は常に、男に対して勝利を収められるようにできているのだ。こんな発言をしようものなら、また紗英や泉さんに『ほんと、男って馬鹿ね』なんて言われてしまいそうだけれど。

「……わかったよ、紗英が嫌ならもうしない」

出会ったその瞬間から僕は紗英に全面降伏しているのだと、つくづく思い知ってしまったから。紗英に関して謙譲の美徳を数え上げかねないくらいに彼女に参っているから。紗英があんな顔をして何か命じれば、白旗を掲げて従うよりないじゃないか？

まったくこういうことは理屈じゃないのだ。絶対に。

「百本だって買ってくるわよ」勝ち誇ったように、紗英は叫んだ。「その代わり、お餞別をいっぱいちょうだいね」

ちゃっかりと差し出された掌に、僕はそっと自分の手を重ね、紗英を促して歩き出した。頭の芯にたゆたう酔いも手伝ってか、無闇と気分が良かった。紗英を僕の許に運んでくれた、百億の偶然と、それに倍する必然とに、素直に感謝したかった。紗英と一緒なら、どんなことだってできそうだった。

たとえ予選落ちしようと、自分の選択に後悔せずにいることも。それどころか、自分を好きになる、なんて気恥ずかしいことですら。

薄暗がりの道端に、片一方だけの手袋が落ちていた。僕はひょいとしゃがんでそれを拾い上げ、傍らの街路樹の枝に引っかけた。紗英は「へえ?」という顔で僕を見たが、何も言わなかった。

街灯の光にアスファルトの道路が、雪を載せたように白く浮かび上がっている。実際、小雪がちらついてもおかしくはない寒さだ。夜空は凍りついて固く、闇はしんしんと深い。だが春はもう、ドア一枚を隔てたところにまで来ている……。

どうした気まぐれからか、僕は自分の行為を振り向いて確認する気になった。夜風の中でその小さな手袋は、〈バイバイ〉の恰好で揺れていた。

〈FIN〉

世界を鳥瞰する視線

佳多山大地

※筆者注
本稿は、電子出版サイトe-NOVELS（http://www.e-novels.net/）上に発表した「加納朋子試論」を前口上とする未完の作家・作品論のうち、本書『掌の中の小鳥』について集中的に述べた部分として位置づけられるものです。本書収録された個々の短篇について、特に断ることなく真相を明かしているので、未読の方はご注意ください。

「手の中に一羽の小鳥を隠し持って行って、賢者にこう言うんだ。『手の中の小鳥は生きているか、死んでいるか？』って。もし賢者が『生きている』と答えれば、子供は小鳥を握り潰す。『死んでいる』と答えれば、小鳥は次の瞬間には空高く舞い上がるってわけさ」

1

加納朋子の第三作品集『掌《て》の中の小鳥』（一九九五年）は、空高く舞う小鳥の視線が作品に内蔵されている。それは、あたかも一枚の地図のように、地上の世界を眺めやる視線である。劈頭《へきとう》を飾る「掌の中の小鳥」は、「僕」を語り手とするSCENE 1と、「私」を語り手とするSCENE 2の二部構成で出来ている。やがて冬城《ふゆき》圭介《けいすけ》、穂村紗英《ほむらさえ》と名づけられる二人の主人公がそれぞれ語り手を務める表題作は、まさに本書の幕開けにふさわしい。まずSCENE 1で描かれるのは、「僕」が大学時代に経験した失恋の経緯をめぐるものである。——当時「僕」は密かに、アートクラブに所属する容子《ようこ》に思いを寄せていた。容子と、彼女が描く絵の不思議な魅力に強く惹《ひ》かれる「僕」だったが、容子は「僕」が所属する同好会の先輩、佐々木とつきあうようになる。しかし容子は佐々木との交際がはじまってからも、依然絵に没頭する毎日で、「僕」は先輩から「あの子をイーゼルの前からひっぺがすには、どうしたらいいと思う?」と愚痴《こぼ》されてしまうほどだった。容子の才能の、一番の理解者を任ずる「僕」を含めた三角関係は、ひとつの事件をもって決着する。容子がコンテストに出品するために描いた『雲雀《ひばり》』というタイトルの油絵が、何者かによって無残に汚されてしまったのだ。結局、容子はこのことをきっかけに絵をふつりとやめ、佐々木との恋愛に心を傾けるようになる。だが、いったい誰が容子の絵を執拗に汚した犯人だったというのか？——

「世界はすべて、色彩で構成されている」と考える容子は、個々の人間もまた一つの色で表現できるという。「僕」はピーチ・ブラックで佐々木先輩はビリディアン、そして自分はウルトラマリーンであると。容子が描いた『雲雀』は、実は彼女をとりまく〈世界〉を一枚のカンバスに塗り込めるものであったはずだ。

四角いカンバスに世界を切りとろうとする行為は、一枚の地図を作る行為と二重化されるだろう。海はブルーで平野部はグリーン、そして山脈はブラウン。鳥瞰する視点を都市の上空に置けば、森林公園がグリーンで鉄道駅はオレンジ、道路はグレイとなるかもしれない。世界を構成する要素は、縮尺や用途に応じてそれぞれ象徴化された色によって分割される。

容子は、空高く羽ばたく一羽の小鳥に仮託して「空と森と街」を描いた。彼女はそのカンバスに、惜しみなく絵を称《たた》えてくれる「僕」に見られる自分と、佐々木の目に映る「しとやかで平凡な容子」という引き裂かれた自己像を二重に投影していた。

容子の絵を汚した犯人は、ほかならぬ容子自身であった。彼女は「化学式を油で練り込んだもの」である絵具のなかでも、特に化学反応によって変色を起こしやすい「禁忌色《きんき》」と呼ばれる組合せばかりを選んで世界を塗りあげたのだ。だが容子は、その絵が変質せずに現在の曖昧な三角関係を保ってゆける可能性を捨ててはいなかった。佐々木から一人の女として愛され、さらに「僕」が認めてくれるような才能ある若手女流画家として活躍する未来を。しかし容子が祈りを込めた〈世界〉は、ほどなく目を背けたくなるほどの悪趣味な色調に変貌してしまう。容子は「僕」が彼女の絵に寄せていた期待を重荷に感じていたという。彼女は絵筆を折るきっかけを欲していたのだ。籠の中に自ら入った小鳥は、もう空を飛べない。

「際限のない混色のもたらす、混沌」――その雑然たる風景をまさに眼前に投げ出したかのような銀座の街路を、うちひしがれた「僕」は歩きだす。彼が向かうのは、さして乗り気でなかったパーティの会場である。混沌から一転、「白と黒の市松模様で統一された」カフェバーで「僕」はヒロインとの運命的な出会いを果たす。「きっかけなんて、大抵はつまらない偶然なのよ」と嘯《うそぶ》く真っ赤なワンピースを着た天使に。「掌の中の小鳥」のSCENE 2では、登校拒否をしていた高校時代の「私」が、ふたたび学校に通うようになる〝きっかけ〟が描かれている。――

厳しい校則で縛られた高校生の「私」は、生活指導の教師による下着検査を敢然と拒絶し、学校へ行くことをやめてしまう。「私」のいない学校が夏休みに入る頃、「私」は母の勧めにしたがって「美崎《みさき》のおばあちゃん」のところで一夏を過ごすことにする。「生活を楽しむことにかけては、並ぶもののない名人」である祖母は、「私」にただの一度も学校へ行けとはいわず、ひたすら日々を楽しく暮らすことに努める。夏が終わろうとする頃、祖母は碁盤を出してきて、「私」にゲームをしようと持ちかける。祖母が他所《よそ》を向いている間に、「私」は盤上に並べられた碁石から白黒どちらか一つ石を取る。次に「私」が他所を向いているうちに、祖母も一つ石を選ぶのだ。二人が取った石の色が違っていたら「私」の勝ちで、同じだったら祖母の勝ち。二人は〝勝った相手の言うことを何でも聞くこと〟を賭けてゲームに臨むが……。「美崎のおばあちゃん」は左の袂《たもと》から「私」が取ったのと同じ白い石を取り出す。祖母は、50《フィフティ》・50《フィフティ》のゲームでみごと勝利を収めたのだ。「私」は祖母の膝に身を投げだし、二学期が始まったらきっと学校へ戻ると約束する。

登校拒否を克服することができた〝きっかけ〟を語り了《お》えた「私」だが、いつの間にか背後にいて耳をそばだてていたらしい男性から、「美崎のおばあちゃん」は五〇パーセントの確率しかない危険な賭けに愛する孫娘の未来を預けたりはしなかったと指摘される。祖母の左の袂には、白と黒、両方の石が入っていたはずだ、と。祖母はハマグリの殻から作られる白石と、那智黒《なちぐろ》と呼ばれる岩石から作られる黒石との微妙な手触りを袂の中で確認し、「私」が選んだのと同じ色の石を取り出したというのだ。

手の中の小鳥が生きているか否かと問う子供に対して、賢者はどう答えたか？――『幼き者よ。答は汝《なんじ》の手の中にある』と。子供は賢者の答えいかんでは、手の中の小鳥を握り潰そうと身がまえている。だが最初から小鳥の亡骸《なきがら》を隠していたのでは、『死んでいる』と答えられたときに敗者となってしまう。つまり必勝の命題を成立させるためには、一〇〇パーセントの確率で小鳥は生きていなければならないのだ。

野山の草花や河原に転がる石ころから無尽蔵の〝物語〟を引き出す「小鳥のようにしゃべり

続ける」祖母は、平凡な日常を健《すこ》やかな線で描出し、豊かな色彩で染め上げる賢者である。賢者は碁盤という四角いカンバスに描かれた市松模様が「私」の手によって混沌とした世界に変じられようとも、そこに大切な孫娘の未来を鳥瞰することができる。賢者とは、つまり小鳥自身なのであり、祖母の「溢れるような私への愛情」は勝気な「私」の掌の中でずっと生きつづけるに違いない。

2

パーティー会場から赤いワンピースを着た天使をつれ出すことに成功した「僕」は、銀座の街で上司の相伴にあずかったことのある店を探そうとしていた。だが、真っ赤な天使はEGG STANDと看板に描かれた手近な店のドアに手をかける。カウンターの中央に置かれた大きな壺に満開の桜の枝を生けたその店は、三十路を越えているかどうかという年恰好の女性バーテンダーが一人で切り盛りしていた。二篇目の「桜月夜」は、「私」によって語られる「桜に捧げる物語」である。——

十九の春から二十《はたち》の春まで、「私」は妻子ある男性と不倫関係にあった。しかも「私」が愛した河野浩史には、もう一人別の愛人がいる。「要するに、すべて彼にはゲームに過ぎないのだ。その日その時を、ただ面白おかしく過ごすための。彼の周辺にいる人間は、思い通りに動かせ、必要とあればゲーム盤からいつでもぽいと弾き出せる、ちっぽけなゲームの駒なのだ」。愛するキングの規則《ルール》に、ポーンに過ぎない「私」は歯向かうことなどできない。だが「私」は、ふとした偶然から愛人の息子である武史少年と出会う。後日、「私」を尾《つ》けて自宅のアパートにやって来た武史は〝ぼくを攫《さら》って父親から身代金を奪おう〟と狂言誘拐の計画をうちあけるが……。

ところで「掌の中の小鳥」で登場した「私」は、まだ〈エッグ・スタンド〉のカウンターに座った時点では圭介に名前を明かしていない。「私」が語る、回想ふうの物語には叙述トリックが仕掛けられている。エピソードの視点人物である「私」こと「泉さん」は、赤いワンピースの「私（＝穂村紗英）」とは別の人物なのだ。それでは当の紗英はどこにいたのかといえば、「河野武史」と後輪のカバーに名前の書かれた自転車に乗って登場し、「泉さん」から〝愛人の可愛い息子〟と見まがわれてしまう「少年」の役柄だったのだ。紗英を追って河原にやって来た本物の武史は、父親の愛人が紗英を自分ととり違えていることを利用できるのではないかと考える。武史になりすました紗英を「泉さん」に誘拐させ、結果、彼女の愛人の酷薄な性格を印象づけて二人を別れさせるよう、周到な計画を立てたのだ。

「父親にとって自分がゲームの駒ほどの重みしか持たない」と自覚する少年は、勇躍「ゲーム盤の外へ飛び出そうとしている」。実際、盤面の駒たちの愛憎関係を盤上から見下ろす武史であるが、彼が演出する狂言誘拐の舞台《ステージ》は、さらに現在の紗英によって配役をシャッフルされたかたちでもう一段高みから鳥瞰されて語られるのだ。

もちろん紗英が、件《くだん》の「泉さん」が切り盛りするバーに圭介をつれて来たのは偶然ではなかった。紗英が「泉さん」の動向を武史から聞いて知っていたことは「桜に捧げる物語」が語り出されるより前に、きちんと伏線が張られていたことを見落とすべきではない。「僕」と並んでカウンターに腰かけた紗英は、シェーカーを颯爽と振るバーテンダーに「今のお仕事、お好きなんですね？」と訊ねている。「彼女がきらきら光る瞳をバーテンダーに向けた。相手は少し眩しそうな表情をしたが、即座にうなずいた」と。友人の父と不倫していた頃の「泉さん」を知る紗英は、だからこそ「今の」仕事が好きなんですね、と問うことができる。バーテンダーがみせる眩しそうな表情は、照れ隠しとともに、紗英の面《おも》だちにかつての共犯者の面影をかすかに見てとったからでもあるだろうか。

3

「僕」の一人称で描かれる三篇目の「自転車泥棒」は、本書のなかでも際立って完成度の高い逸品である。記念すべき初デートに三〇分以上も遅刻した理由を紗英から聞けば、どこかの国の時代劇のヒーローかというような活躍の由《よし》と知れる。――

自転車に乗って駅に向かっていた紗英は、歩道橋の階段からお年寄りが足を滑らせて転《ころ》げ落ちるところを目撃する。急いで様子を見に駆けつけた紗英は、老人の意識を確認すると、すぐさま救急車を呼んで病院まで見送ったのだ。感激して『ぜひお名前を』と縋《すが》る老人に、『名乗るほどの者じゃありません』と定番（?）の決め台詞でもって立ち去る彼女。しかし後日、正義のヒロインが愛用する自転車の盗難騒ぎは、ちょっとした騒動を巻き起こすことになる——。

紗英に助けられた老人は、大津建設を一代で築き上げた立志伝中の人物、大津幸四郎その人であった。実質的な経営は息子に譲り、楽隠居を決めこんでいたものの、三代目を継ぐはずの孫幸彦《ゆきひこ》の優柔《やわ》な気性を心配していた幸四郎は、自分を助けてくれた女丈夫を捜して孫の花嫁に迎え、三代目の内助を憂いなきものにしたいと考える。幸い、かのヒロインの自転車は目にも鮮やかな赤色であった上、珍しくハンドルにバックミラーを取りつけた特徴のあるものだった。

強引さでは名高い祖父から「お前の花嫁を見つけてやったぞ」と宣言された幸彦であるが、すでに心に決めたガールフレンドがいる彼は、偶然駅前で見つけたヒロインの自転車から恰好の目印であるバックミラーを盗んでしまう。このまま持ち主に近所をウロウロされると、早晩祖父の手のものに〝三代目夫人〟として発見される恐れがある、と。幸彦は盗んだミラーを同じタイプの赤い自転車に取りつけると、交際中のガールフレンドを祖父が惚れこんだ花嫁候補と偽って引きあわせることにしたのだ。

〈エッグ・スタンド〉の常連で、しばしば驚くべき推理能力をみせつける飄然たる老紳士は、奇縁なことに大津幸四郎とは旧知の間柄であり、入院中の幸四郎から次のような事の顚末を聞いていた。

「嘘でも夢物語でも、案外に人間は満足できるものなんですよ。紗英ちゃんに助けられた後、大津は病院に囚われの身になってしまいましてね。精密検査で悪いところが見つかったんですよ。わしも年貢の納め時かもしれんなんて、珍しく弱音を吐いていましたっけ。奴が入院していたのが、あの町の総合病院の一室です。確か四階でした。きっとこんなふうだったと思いますよ。――誰かに呼ばれた気がして、窓からひょいと外を見たら、下で孫が手を振っている。その側には髪の長い、若いきれいな女性と、バックミラーのついた、赤い自転車……それが亡くなる少し前の話です」

老紳士はそこで言葉を切って、グラスの液体を口に含んだ。

「奴は満足したと思いますよ」

大津幸四郎は、病室の窓から孫と〝赤い自転車の君〟が寄り添っているところを目にして、後顧の憂いなく永い眠りについた、と。……だがしかし、寄る年波で視力もいささか衰えてはいたろうが、三代目の花嫁にと「一目惚れ」したヒロインの外貌を、四階から見下ろす高さで果たして見まちがえるものだろうか？　これに付随して、もうひとつ当然の疑問がある。なぜ幸四郎は孫と一緒に現れた〈恩人〉を病室まで招じ入れなかったのか、ということだ。幸四郎が〈恩人〉と再会した場面は、省略され書かれていないだけなのだろうか――実際は病室まで呼び寄せて〈彼女〉に礼を尽くし、孫をよろしく頼む、と乞う一幕があったのだと？

だが、その可能性は明確に否定できる。もし仮に幸彦のガールフレンドが病室まで見舞いに来ていたら、その声で偽者であることを見抜かれてしまうからだ。幸彦は、だから決してガールフレンドを伴って祖父の枕頭まで行くことはできない。では繰り返し問うが、なぜ幸四郎は未来の三代目夫妻を病室に呼ばなかったのか？　幸四郎は窓から二人を見下ろした時点で、赤い自転車のそばに立つ女性が自分を助けてくれたヒロインとはまったくの別人であることに気づいたからではないか。

幸四郎は、孫が偽のシンデレラを連れてきたと覚った。だが老人は、幸彦の小癪な工作が、将来を誓ったガールフレンドの立場を守るためであり、なによりも会社と孫の将来をひたすら案じている自分に対する精いっぱいの芝居であることを見てとったのだ。だからこそ病院に囚われた老鳥は、鳥瞰というには少しばかり低すぎる窓からの、それでも懸命に孫が調和をとろうと奮闘した眼下の〈風景〉に騙されてやることに決めた。〝なんだ、いざとなれば頼りなげな三代目も、意外と強引な調整能力を発揮するもんじゃないか〟と。天に召された老人は、ずっとずっと空高くから、これからも孫たちを見守ってゆくだろう。

4

四篇目の「できない相談」は、穂村紗英と、彼女の幼なじみである河野武史との友情と親愛の物語である。とあるマンションの一室から、家具もろとも住人を消失させる大胆なトリックが異彩を放っている。――

就職活動中の紗英が偶然再会した武史につれられて行った『サンシャインハイツ』は、七階建ての瀟洒な造りのマンションである。最上階の一室に住む「武史の知り合い」は、意外にも若くて可愛らしい女性で、もうじき臨月を迎えようという妊婦であった。紗英は、石井亜希子というその女性と武史との関係もよく分からないままにコーヒーをふるまわれる。奇妙なお茶会が了わって『サンシャインハイツ』を出た直後、武史は「ゲームをやらないか？」と不敵な笑みを浮かべる。わずか十分もあれば「俺はあの部屋ごと、亜希子さんを消してしまうことができるぜ」というのだ。挑戦を受けて立った紗英は、指定された時間きっかりにエレベーターで七階に上り、つい先刻《さっき》までお邪魔していた亜希子の室《へや》に入る。その部屋には先刻と同じく西日が差しこんでいたが、冷蔵庫もピアノも、あらゆる家具が確かに置かれていた痕跡を残しつつ、まったくのもぬけの殻になっていた……。

武史は、目印になっていた観葉植物の鉢植えを反対側に移し、向かい合せになった二基のエレベーターのうち、乗るべきハコをとり違えさせた。エレベーターを降り、廊下を先ほどと逆方向に歩いて辿りついた部屋は、しばらく前まで亜希子が入居していた部屋だった。彼女は不倫相手から身をひく覚悟を決め、盲点をついて同じマンションの同じ階に引っ越したのだ。しかも『サンシャインハイツ』の東側に道路を挟んで建てられたオフィスビルは、その外壁全体が鏡面加工されており、最初に亜希子の部屋を訪れたときのカーテン越しの西日は、実はビルの壁面からの反射光であった。「武史は太陽を西でなく東に沈めて見せた」のだ。

亜希子は社会的地位のある「金持ちの囲われもの」だったと武史はいう。紗英が二度目に踏み込んだ、かつて亜希子が「囲われていた」一室は、いわば鳥籠も同然であった。籠に囚われた小鳥は、水彩で精密に描かれた鳥の卵と一緒に自分の雛を育てていたのだ。

おそらく亜希子の引っ越しに一役も二役も買ったであろう武史にとって、同じマンションの、同じような造りの一室でも、その新居にはまったく別の意味を込めていたはずだ。〝もう、この部屋は鳥籠じゃない。あなたも、あなたの雛もここから大空に飛び立ってゆくことができるのだ〟と。今や亜希子の夫となり、娘の父となった武史は、遙か高みから地上を照らす太陽をも操ることのできる快男児なのである。

5

桜咲く季節にはじまった圭介と紗英の物語も、夏が来て、秋が過ぎ、春を待つ冬が訪れた。すっかりデートコースになった「泉さん」のバーの名前がタイトルを飾る「エッグ・スタンド」は、本書を締めくくるにふさわしい暗喩に満ちた一篇である。

眠れない冬の夜、圭介は遠い記憶の底から「嘘つきミチル」と不名誉なあだ名で呼ばれていた女の子のことを掬《すく》いあげる。ミチルは、子供らしい無邪気な空想の域を超えた波瀾万丈の〈日常《エピソード》〉を騙る魅力的な少女だった。ある日、ミチルは「かぶと森の向こうっ側」にお城を見たと言いだす。すぐさま探検隊が編成され、隣町を目指して歩きつづけた子供たちだが、結局城は見つからず、ミチルはまた口からでまかせをいったと責められることとなる。探検隊に黙して加わっていた圭介は、かねてその隣町を幾度となく訪れたことがあった。彼はその町に城など存在しないことを端《はな》から知っていながら、泣き出しそうに歪んでゆくミチルの顔を冷ややかに傍観していたのだった。

圭介は「自分に何か大切なものが欠けているのではないかという思い」が、幼い頃からつきまとって離れなかった。それは「掌の中の小鳥」の冒頭で喩えられているように、地上の雑踏のなかでひたすら「深海魚みたいな呑気《のんき》さ」で、自己完結的な世界を固守する姿に象徴される。必死に人波をかき分け道路を渡ってきた佐々木に声をかけられ、お久しぶりです、と「数メートル後方に置き忘れてしまったような〈日常〉を、用心深く手繰り寄せ」る圭介。「相変わらずクールな奴だな」と佐々木から評される「僕」は、地上をあたかも人の住めない深海の世界に見立てる。

大学時代、愛する容子の「一番弱い部分に踏み込」んでいた「無神経」な自分。幼なじみのミチルの言葉を嘘と知りながら、高みの見物を決めこんで、彼女の嘘が暴かれてゆく様子を観察していた自分。皮肉屋で、現実になじむことのできない「僕」は、地上に降り立つことさえ叶《かな》わない足をもがれた孤独な鳥なのか……。掉尾《とうび》を飾る〝始まりの物語〟は、圭介の従兄にあたる晃一《こういち》が「電撃的な婚約宣言」をしたことからはじまる。――

晃一が結婚したいと連れてきたのは、旧弊な親戚連中が目を剝《む》いて卒倒するほどの派手好きな女性だった。圭介は晃一の妹礼子《れいこ》に誘われ、従兄の婚約者が参加するという「大寄せ茶会」に同道することになる。礼子にしてみれば、未来の義姉の品定めといったところだ。晃一のフィアンセの薬指には、百五十万円もしたという「プラチナの台に見事なカットのダイヤモンドがはめ込まれた指輪が誇らしげに輝いている」。茶器を傷つけないために前もって外《はず》され、ハンドバッグに仕舞われた件のエンゲージ・リングであるが、茶会を了えて寄付《よりつき》（待合室）に戻ってきたところ何者かによって盗まれていたのだ。いったい、この盗難騒ぎの裏面には、誰の、どのような思惑が働いていたというのか？……

圭介が従妹と連れだって茶会の会場にやって来たとき、遠くから彼のことをじっと見つめている着物姿の女がいた。茶会の番が済んだ圭介を呼び止め、ふたたび姿を現したその女性こそ、かつての「嘘つきミチル」であった。彼女は鈴木という姓から、今は烏賀原《うがはら》になったという。幸せそうに笑うミチルの左の拳《こぶし》に目をやると、薬指には銀色に光るマリッジ・リングが輝いている。

圭介は「嘘つきミチル」に対して、君こそが盗難事件の犯人であると名指す。山吹色の着物を身につけ、立ち働くふりをすればもてなす側の人間とも、ハンドバッグをいじっていても悠然とかまえていれば当の客人であるように見える二重の〝見えない女〟の犯行であるとして。デートの中途で紗英にさっさと帰られてしまい、独り〈エッグ・スタンド〉にやって来た圭介は、「警官でもなけりゃ、推理小説の中の名探偵でもない」自分は、ミチルを断罪する何の権利も持たないと泉さんに弁解する。泉さんは「だから宝石泥棒を見逃してあげたってわけ？

ずいぶんお優しいことね」「大方子供の頃のことが、未だに負い目になっているんでしょう?」と手厳しい。

確かに圭介が推理したように、エンゲージ・リングを盗んだのは「嘘つきミチル」であった。だがミチルが件のリングを盗んだ理由は、圭介が思うような金目当てのものではなかったと泉さんは看破する。ミチルは幼い頃、圭介に子供らしい真っ直ぐな恋心を抱いていたのではないか、と。再会した圭介の隣に、可憐で上品な「お嬢様」がつれ添っているのを見たミチルは、報われなかった淡い恋の相手に精いっぱい意地を張ってみせるため、自分は幸せな結婚をしていると嘘をつくことに決めた。ミチルはリングの部分がプラチナで出来ていた晃一の婚約者のリングを盗み、ダイヤモンドの装飾を、握った拳の内に隠してマリッジ・リングに見せかけたのだ。

泉さんは「嘘は彼女にとって、夢と同義語だった」という。平凡な少女が、夢と現実とのあまりに大きな隔たりを埋めるための、無邪気でいて少し哀しい〝背伸び〟だったのだと。「かぶと森」の向こうに建ってあれかしと願った城は、きっとその町で見かけた冬城圭介の姿から連想したものだと。

ミチルの掌の中に光るプラチナ台のダイヤは、彼女にとって「お城」の威容と二重写しになっている。それは幼き日の王子様が在《おわ》す、光り輝く城であり、身分違いの王子——最終話において、圭介はかなり有力な資産家一族の期待される男子であることが明かされている——への届かぬ思いが結晶したものでもあった。ミチルの小鳥は城の高窓を目指して飛び立つことなく、少女の掌の中でずっと大切に温められていたのだ。

　圭介は〈エッグ・スタンド〉の店名の由来を泉さんに訊ねる。エッグ・スタンドとは、その名の通り「たまご立て」のことである。元来、卵は一つ一つが立派に直立するカタチをしているのだ。けれども、人生のなかで一人でいくつも卵を立てられる者がいる反面、たった一つの卵を立てるのにも苦労する者がいる。世界はあまねく不平等で、「平らで頑丈なテーブルを最初っから持ってる人と、そうじゃない人とがいる」からだ。いくら懸命に努力してもなかなか卵が巧く立てられない人の〝たまご立て《EGG STAND》〟でありたい――それが、泉さんが店名に込めた思いだった。

　冬城圭介は、足をもがれた小鳥である。足許は卵のように不安定で、地上で羽を休めることさえ難しい。だがしかし、今の「僕」は、何よりも大切なエッグ・スタンドを見つけることができたんじゃないだろうか――。


　何かになりたかった人。何かになれなかった人。どんなに努力しても、どんなに望んでも、卵を立てることができなかった人たち。

　たとえインチキでも、エッグ・スタンドで卵を立てられるなら、それで幸福が得られるなら、それはそれで正しいのかもしれない。紗英も言っていた。幸運がひとつっきりだなんて、ケチくさいじゃない？　と。みんなに行き渡るだけの幸運があるのなら、その方がいいに決まってるのだ。

——手の中の小鳥は生きている？　それとも死んでいる？

ふいに頭の中で、紗英の声がそう言った。

〈日常〉になじめない〝たまご鳥〟は、泉さんと老紳士の言葉に促され、急いで駅へと紗英の姿を求めて転がってゆく。その様子のなんと「見苦し」く、けれど一途であることか。圭介の人生にとって、紗英が〝たまご立て〟であるように、紗英にとってもまた圭介は〝たまご立て〟なのだ。イルミネーションが灯された街路樹を横目に「僕」は紗英のもとへと駆けてゆく。もう一羽の傷ついた小鳥は、夜の底に立ちどまり、冬の星座を仰いでいる。その姿は「空を想う力」を信じる天文青年と共振するものである。圭介と紗英は地上で互いを支え合い、しっかりと地歩を固めて空に飛び立つことができるだろう。地上に広がる世界を眺めやり、日常のメルヘンを紡ぎ出す〝魔法飛行〟へと。

掌の中の小鳥は未来永劫に生きつづけるだろう——ロマンと謎解き小説《パズラー》を愛する、読者《あなた》の掌の中で。

＊参考文献

『材料と表現　油絵』　美術出版
『油彩画の化学』　寺田春弌／三彩社
『油絵のすすめ』　林謙一／講談社
『茶会・客のマナーと心得』　主婦の友社

＊初出一覧

掌《て》の中の小鳥　〈創元推理2〉一九九三年春号
桜月夜　〈創元推理3〉一九九三年秋号
自転車泥棒　〈創元推理4〉一九九四年春号
できない相談　書き下ろし
エッグ・スタンド　書き下ろし
『掌《て》の中の小鳥』　東京創元社　一九九五年七月刊

検印
廃止

著者紹介　北九州市生まれ。文教大学女子短期大学部文芸科卒業。92年、「ななつのこ」で第3回鮎川哲也賞を受賞しデビュー。95年、「ガラスの麒麟」で第48回日本推理作家協会賞受賞。著書に「魔法飛行」「螺旋階段のアリス」等がある。

掌《て》の中の小鳥

2001年2月23日　初版
2023年2月10日　11版

著者　加《か》納《のう》朋《とも》子《こ》

発行所　(株)東京創元社
代表者　渋谷健太郎

162-0814/東京都新宿区新小川町1-5
電話　03·3268·8231-営業部
03·3268·8204-編集部
URL　http://www.tsogen.co.jp
DTP　旭印刷・工友会印刷
印刷・製本　大日本印刷

乱丁・落丁本は、ご面倒ですが小社までご送付ください。送料小社負担にてお取替えいたします。

ISBN978-4-488-42603-3　C0193